AlgaR
EDITORIAL

7. ROSAS NEGRAS EN KOSOVO. Jesús Cortés
8. EL CENTRO DEL LABERINTO. Agustín Fernández Paz
9. RAQUEL. Isabel-Clara Simó
10. EL INFIERNO DE MARTA. Pasqual Alapont / Vicente Garrido
11. DANIEL Y LAS BRUJAS SALVAJES. Gabriel Janer Manila
12. UN HOGAR EN EL MUNDO. Pepa Guardiola
13. ÁNGELES EN TIEMPOS DE LLUVIA. Miguel Vázquez Freire
14. HIJOS DE UN AMOR IMPOSIBLE. Joan Pla
15. MANUSCRITO DE FRAY ORZA. Josep Franco
16. LA SONRISA DEL DIABLO. Jordi Sierra i Fabra
17. PIEL DE LOBO. Xosé Miranda
18. EL-JUEGO.COM. Gemma Lluch
19. SOLEDADES DE ANA. Jordi Sierra i Fabra
20. LA LLAVE MAESTRA. Xabier P. Docampo
21. BARROTES DORADOS. Pasqual Alapont / Pepe Rodríguez
22. UN AÑO IRREPETIBLE. Eduardo Alonso
23. ATRAPADOS EN RIPARIA. Xosé A. Perozo
24. LOS DEMONIOS DE PANDORA. Silvestre Vilaplana
25. MI PUZZLE DEL MUNDO. Daniel Bautista
26. LA NOCHE QUE WENDY APRENDIÓ A VOLAR. Andreu Martín
27. CANTAR DE MIO CID. Anónimo
28. OTROS LO LLAMAN TRISTEZA. Carlos Puerto
29. SÍ PERO NO PERO SÍ. Pasqual Alapont
30. LOS FUEGOS DE LA MEMORIA. Jordi Sierra i Fabra
31. CHATS. Andreu Martín

**ÚLTIMOS TÍTULOS PUBLICADOS**



Existen unas Propuestas didácticas referidas a este libro que se pueden descargar de forma gratuita desde la página web www.algareditorial.com.


*Apartado de correos, 225*
*46600 - Alzira*
*www.algareditorial.com*
Cubierta: *Julia Navarro*
Impresión: *Romanyà-Valls*
1ª edición: *abril, 2008*
ISBN: *978-84-9845-095-8*
DL: *B-17540-2008*

# *Chats*

Andreu Martín

Algar Editorial

*Con toda gratitud para Josep Saumell que,*
*con su ordenador y tanta paciencia,*
*me ilustró sobre lo que ignoraba, para Joan Miquel Capell*
*que me allanó el camino y para Josep Milán y*
*Teresa Laplana que, además de abrirme muchas puertas*
*generosamente, compartieron conmigo las preocupaciones*
*que forman el fondo de esta novela. A todos ellos, gracias*

# 1

La bronca de cada día.

Ya se van acostumbrando. Y a lo mejor los vecinos también. Todavía no han protestado, pero una noche de éstas se animaran y empezarán a golpear con el puño o con un zapato la pared de separación de los pisos.

–¿Se puede saber qué les pasa? ¿Se han vuelto locos?

Pero tendrían que gritar mucho, pero que mucho para que los Fabregat los oyeran. Porque en esta casa el griterío cada vez es más enloquecido.

¿Cómo ha empezado, hoy? ¿Cuál ha sido el motivo?

Bueno, el de siempre. Eva había dicho que iba a hacer los deberes con el ordenador y, después de una hora de permanecer encerrada en el estudio de su padre, entra su madre y la encuentra navegando con el Messenger, con cinco o seis conversaciones abiertas.

–¿Pero no tenías que hacer deberes? –ha gritado Teresa, en un tono demasiado agudo, demasiado aterrorizado.

–Ay, mamá. Ya he terminado.

El «Ay, mamá» sobraba, y ella lo sabe. Lo que aquí aparece, con este tono de «no me ralles», ya debería servir de advertencia de lo que vendrá a continuación. Las dos saben que, si continúan hablando, la cosa terminará mal y, a pesar de ello, continúan hablando.

–¿Pero no tenías un control mañana?

–¡Que ya he terminado, mamá! ¿No me has oído?

–Oye, nena...

–Es que ya te lo he dicho una vez. ¿Cuántas veces quieres que te lo diga?

–¡También decías que te habías preparado muy bien los dos últimos controles de mates, y los suspendiste!

–Ay, mamá, para ya de rallarme, ¿vale?

–¿Y no tenías que leer el libro de Teixidor para la clase de literatura?

–¡Que no me ralles más, mamá!, ¿quieres? –Esto ya son gritos desaforados, insolentes, insultantes.– ¿Quieres dejarme en paz? ¿Quieres dejar de meterte conmigo?

Entonces, interviene su padre:

–Eh, eh, eh, ¿qué forma es ésa de hablarle a tu madre? ¿Qué te has creído?

–¡Pues dile que me deje en paz! ¡No me deja vivir!

–¡Haz el favor de pedirle perdón a tu madre!

Etcétera.

Esto se puede prolongar tantas horas como haga falta. Al final, si todavía hay que hacer algo en casa, como poner la mesa y cenar, quedará un poso de caras largas y miradas hostiles, presagio de explosiones inminentes. Durante ese rato, tenso e irrespirable, cualquier comentario, o cualquier gesto o mirada o bufido puede reavivar de nuevo la llama.

Que si has traído las notas, que si te has lavado las manos, que si haz el favor de cortar el pan, que si ahora no es momento de ver la tele. Cualquier cosa puede resucitar la insolencia de la chica o la intemperancia de los padres. Y ya estamos otra vez.

Si hay suerte, puede ser que la bronca los pille después de cenar, a última hora del día, y el epílogo sólo será un portazo y el silencio espeso dentro de la habitación de Eva, y los suspiros de impotencia de sus padres, los susurros perplejos y culpables. El típico «qué hemos hecho mal».

A veces, la madre llora y entonces el padre se enfurece. A veces, en pleno guirigay, al padre se le ha escapado la mano en forma de bofetada blanda que no ha llegado al objetivo pero que también ha hecho daño.

A veces, Eva ha estallado en un llanto infantil e indigno, pero cada vez consigue tragárselo mejor, enmascarándolo tras una actitud agresiva, violenta, despiadada. Y, en todo caso, ahora, sólo llora cuando está sola en su cuarto, y ha aprendido a hacerlo en silencio, para que nadie la oiga.

Lo que siempre le ocurre, después de estas discusiones, es que no puede dormir. Cuando se pone el pijama y se mete en la cama, la asalta el pánico a tener que enfrentarse a una larguísima noche de oscuridad llena de fantasmas.

Hasta hace un par de meses, en caso de insomnio, aún podía llamar a sus padres con vocecita de niña, «¡No puedo dormir!». Y ellos le decían «Lee un poco», o «Cuenta ovejas», o «Piensa cosas bonitas».

Pero eso ahora es impensable, claro. Y, curiosamente, los motivos que se le ocurren para no llamar a sus padres y no pedirles un vaso de agua o un poco de compañía, nada tienen que ver con el disgusto que acaban de vivir, sino con Elisenda, la compañera del cole, líder de la panda de las Tiburonas, las que se visten de colorines y se pintan como payasos, triunfadoras del sexo.

Porque hoy, en el instituto, hay que triunfar en el ámbito del sexo. Ya no se trata de usar ropa de marca, ni de sacar buenas notas, ni de ser simpática y hablar bien y arrastrar a las masas. Ahora, hay que ser la más atractiva, montárselo con alguien en los lavabos, ser *sexy*. Ser escandalosa hace a la líder. Y Elisenda es la más *sexy* y escandalosa del IES, de eso puedes estar más que seguro. Dicen que se lo montó con uno de primero de ESO en el parque, sobre el césped, y presume de haber dejado bien contentos a tres pavos a la vez en el pueblo de la costa donde veranea. Y con su manera de vestir convence a todos de que estos rumores son verdad y consigue que a los hombres se les caigan los ojos al suelo. Cuando vio que Ernesto iba a por Eva, se lo quitó, se lo ligó y lo morreó en el pasillo del instituto, delante de todos, para demostrar de qué era capaz.

Por eso, como reacción ante la pandilla de las Tiburonas, Eva Fabregat es la única chica del instituto que no se maquilla en absoluto, que va siempre despeinada y viste de negro esos jerseys largos y anchos que le ocultan las formas y que calza unas deportivas que parecen robadas a un pordiosero.

Eva no quiere ni pensar qué pasaría si Elisenda se enterase del miedo nocturno que pasa en silencio, cerrando muy fuerte los ojos y rezando para que las horas oscuras pasen lo más deprisa posible.

De todas formas, al final el sueño siempre llega. Parecía imposible y, de pronto, Eva se pierde en el laberinto de las tinieblas de donde saldrá, dentro de seis o siete horas, por sorpresa, parpadeando cegada por la luz del sol.

Entonces, cuando ya parece que se ha dormido, pasado un buen rato, los señores Fabregat, Tomás y Teresa, se movilizan lentamente, muy despacito.

Furtivamente, como si fuera la Noche de Reyes de apenas hace dos años. Conteniendo la respiración, procurando no arrastrar las zapatillas, van al estudio de Tomás y se encierran en él.

Y Tomás Fabregat conecta el ordenador.

–Ay –hace Teresa, ansiosa–. Esto tampoco me parece bien, ¿sabes? No deja de ser una especie de violación de correspondencia.

–¿Pero qué estás diciendo? –se impacienta el padre, nervioso y culpable–. En esta correspondencia privada, hay peligro para nuestra hija, Teresa. –Pronuncia la palabra peligro con énfasis algo fanático–. Peligro. Este maldito Supermask igual es un pederasta.

–Ya, ya, ya lo sé.

–¿Y entonces, qué? ¿Qué quieres que hagamos?

–Tendríamos que prohibirle que chateara –alega la madre, sin disimular su inquietud.

–Ya lo hemos intentado mil veces. Y qué. ¿Qué hemos conseguido?

–Esto es como si viéramos que está haciendo equilibrios sobre la cuerda floja, en un acantilado, y no le dijéramos nada. Que se la pegue. Así aprenderá.

–Tiene que aprender de sus propios errores.

–Y, cuando haya aprendido, ya será demasiado tarde.

–Aquí estamos vigilando, precisamente para que no se haga daño –se excusa Tomás Fabregat mientras acciona los botones del ratón, atento a la pantalla.

–¿Sabes qué me parece? Que la estás utilizando como cebo. Que se la coman, y así podremos atrapar al pez.

–La única manera de atrapar a un pederasta es con las manos en la masa –dice él, sin querer, concentrado en las operaciones informáticas.

–¿Lo ves? –salta ella.

–No he querido decir eso.

–¿Y quién es la masa? ¿La nena?

–No he querido decir eso.

Han llegado a su objetivo. En la pantalla del ordenador se abre la última conversación que Eva ha mantenido unos minutos antes. Los padres callan y se ponen las gafas de leer y se inmiscuyen en las intimidades de su hija con expresiones casi litúrgicas. El corazón en un puño.

Ahí está el ya conocido Jazzsinger, que le escribe poemas. Normalmente, empiezan con inspiración lírica («Eres el alma del mundo, su aliento, su respiración, lo que hace que crezcan plantas, el que mueve a las olas del mar...») pero siempre acaba rimando hechos con pechos y fuerza la palabra ruidos para poder hablar de fluidos.

–Éste es un marrano –comenta Teresa.

Pero quien les preocupa es Supermask. Y ahí lo tienen. Conectado a las 17:49. La niña no ha dedicado ni cinco minutos a los deberes antes de ponerse al maldito msn.

Dice Nos: Ola.

Dice Supermask: K haces

Dice Nos: Ftl

Dice Supermask: Km estás

Dice Nos: Stoy harta. No l soporto +. M suicidare

Dice Supermask: No digas eso

Dice Nos: S M matare

Dice Supermask: Me gustaria acariciarte. Una caricia de mi mano te devolverá la paz

Dice Nos: Ven. Acariciame. Kiero verte

Dice Supermask: No puede ser.

Dice Nos: Kiero que macaricies

Dice Supermask: No puede ser

Dice Nos: No m kieres

Dice Supermask: Sí k t kiero. T kiero + que a nadie del mundo. T idolatro. No puedo dejar de pensar en ti

Dice Supermask: M gustaria k mis pensamientos volasen hasta ti y sirvieran para calmarte

Dice Supermask: Dime k t gusta lo k t digo

Dice Nos: S k m gusta Kiero k m lo digas de voz

Dice Supermask: No puede ser

Dice Nos: 737525829

Dice Supermask: K es esto¿?

Dice Nos: El num de mi movil Px m llames

Dice Nos: Kiero oir tu voz

Dice Supermask: No No puede ser

Dice Nos: Llamm

Dice Supermask: No te llmre

Dice Nos: No m kieres

Dice Supermask: S k tkm Dime k l k te dicho ta calmado

Dice Supermask: Dim k no volveras a decirm nunk + que t suicidaras

Dice Nos: oks

Dice Supermask: No no dilo

Dice Nos: No m suicidare no tengas miedo

Dice Supermask: Px no t masturbas, ahora, y t encontraras mucho mejor¿?

Un abismo se ha abierto a los pies de los señores Fabregat. Una mano invisible les aprieta la garganta y no les permite respirar. Lágrimas en los ojos, mocos en la nariz y esa mueca de dolor en las comisuras de los labios.

No es que la niña no esté a gusto con nosotros, no es que no nos entendamos, no es que discutamos con demasiada frecuencia.

Es que se quiere morir.

Eva prefiere morirse antes que continuar viviendo con ellos.

## 2

Supermask se encuentra con el número de teléfono de Nos en las manos, sin haberlo pedido. Y eso lo excita muchísimo.

Piensa que, si la llama, Nos reconocerá su voz, y se asustará, y se echará atrás.

Pero ahora Supermask ya no puede renunciar. Tiene el tesoro demasiado al alcance de la mano como para abandonar ahora la partida. Es lo que pasa con las menores: las hay muy fáciles y que son tuyas sólo con la promesa de un regalo o de una situación excitante. Y entonces está bien, otra para la colección. Pero, cuando te encuentras una que se resiste, entonces se entabla algo parecido a un combate, y los combates están hechos para ganarlos y el placer que se obtiene cuando sales triunfante es doblemente satisfactorio.

A estas alturas, Eva ya constituye una presa demasiado atractiva, una tentación irresistible.

El móvil de Eva vibra en la oscuridad de la noche. No emite música alguna, ni un zumbido ni nada parecido. Sólo vibra porque, así, si alguien la llamara mientras está en el instituto, sólo ella se percataría de la llamada y no la reñirían, ni la castigarían, ni le confiscarían el aparato.

¿Pero quién la va a llamar?

Al vibrar sobre la mesa, el móvil produce un redoble insistente y molesto que la despierta.

Ahora es ella quien, entre legañas, se pregunta quién la estará llamando. ¿Quién llama a la chica más invisible del instituto?

Toma el aparato con dedos inquietos y adivina al tacto que sólo puede ser una persona porque sólo una persona la quiere en todo el mundo. Supermask. Ahora, Eva es la chica ilusionada porque su superhéroe preferido viene volando a salvarla.

–¿Sí? –susurra, con miedo de que la oigan sus padres.

–¿Eva? –dice una voz extraña.

–¿Sí?

–Zoy Zupermazk.

Tiene voz de Supermask, grave y amenazadora, como de superhéroe cibernético, acoso salido del fondo de la tierra.

Ella no sabe qué decir. No es la voz agradable y armoniosa que esperaba y que debía procurarle confianza y serenidad.

–¿Me oyez?

–Sí. –No se le ocurre nada más.– ¿Qué te pasa?

–Eztoy dizimulando mi voz.

–Ya. Ya me lo parecía.

–¿Zabez por qué? –Eva no se atreve a preguntar–. Porque me conocez.

–¿Te conozco?

–Zí. Y, cuando zepaz quién zoy, no querráz zaber nada de mí.

–¿Por qué? –Eva tiene el corazón en un puño. Todo se hunde a su alrededor.

–No querráz.

Silencio. «¿Y ahora qué le digo, qué le digo, qué le digo?»

–Sí, sí que querré. –Es su única esperanza. ¿Qué está ocurriendo? ¿Qué le está diciendo? ¿Ahora quiere abandonarla?

–En el último momento, no. No querráz.

–¿Pero por qué lo dices? Sí, claro que querré. ¡Hazme el favor de hablar bien! ¿Quién eres? Yo te conozco. Yo... –se interrumpe. Ahora comprueba que es más fácil escribir «Te quiero mucho» en el Messenger, y abreviado, «Tkm», que decirlo en voz alta.

–Zí. ¿Tú qué?

–Que...

–Qué.

Por fin, lo escupe. ¿Qué otra cosa puede hacer?

–Que te quiero. Yo te conozco. No me das miedo. Tú, tú, tú eres la única persona que puede ayudarme, ahora.

–¿Tú vendríaz a vivir conmigo?

A Eva se le atraganta un suspiro. Es como si, de pronto, alguien hubiera encendido la luz y descubriera que, hasta este momento, ha estado viviendo a oscuras y a tientas.

–¿Eh? –insiste él–. ¿Vendríaz a vivir conmigo?

–¿Qué quieres decir?

–Lo que digo. Deja a eztoz padrez que te hazen la vida impozible. Paza del inztituto. Zé feliz de una vez.

Eva inspira y espira, inspira y espira, inspira y espira.

–Así, no sé...

–Zi no vienez conmigo, nunca zabrás quién zoy. Nunca tendráz miz cariziaz.

–No, no me digas eso...

–Penzaba que teníaz ganaz de huir, de buzcar la felizidad.

Huir. Se abre una puerta y el horizonte que ve ahí enfrente la hace sonreír.

–Sí, es verdad, pero...

–Lo dizez porque zí.

–No, no lo digo porque sí... Quiero huir...

–¿Conmigo?

–Claro, contigo, contigo, ¿con quién, si no?

–Te da igual con quién. Te iríaz con cualquiera.

–No, no, no. Sólo contigo.

–¿A mi caza? ¿Para ziempre? ¿Al fin del mundo?

Tarda en llegar la respuesta. Pero llega:

–Sí.

–¿Vendráz cuando yo te lo pida?

–Sí, sí, sí.

–Para que me lo crea, primero tendráz que demoztrarme tu amor.

–Como quieras. Yo quiero huir. Pídeme lo que quieras.

–Te lo pediré mañana, por el Mezzenger. Tu piénzalo. Pero, zobretodo: no ze lo digaz a nadie, ¿eh? No hablez de ezto con nadie, ni en el inztituto, ni en el Mezzenger, ni nada, con nadie. ¿Me haz entendido? Zi no, no habría ninguna pozibilidad, ¿entiendez?

–Sí, sí, claro que lo entiendo.

Supermask corta la comunicación y se acaba la charla.

Eva se queda paralizada, mirando intensamente la oscuridad de la habitación. Allí puede ver y reconocer la mierda de mundo en que está viviendo. Hasta este momento, ha sido cobarde, aceptándolo sin resistencia, pero la nueva luz hace que vea clarísimo el rechazo, y la culpa, y la humillación continuas que la rodean. Rechazo de sus padres, que nunca están contentos con lo que hace, que siempre le piden más, y que sea de otra manera, que no paran de demostrarle que la consideran una estúpida, que manifiestan constantemente su decepción, el asco que les da haber tenido una hija como ella; y el rechazo de la gente de su edad, del insti y de fuera del insti, que son demasiado diferentes y demasiado perfectos como para tratar de parecerse a ellos, que la ven extraña y la tratan como a una marciana, que sólo se le acercan cuando quieren aprovecharse o reírse de ella, «la Tontalaba», «la MasCulona», «la Mary Macho», «la Chica Sin». La humillación a la que la someten diariamente todos, los profesores que la obligan a enfrentarse a su ignorancia e incapacidad delante de los chicos, y sus padres que no paran de hacerle notar los errores que comete, las Tiburonas y sus putas bromas.

Si huyera, todo eso se terminaría. Si huyera con Supermask. Acaban de abrirle una puerta por donde podrá huir de este mundo asqueroso.

«Penzava que teníaz ganaz de huir, de buzcar la felizidad», ha dicho.

Y ella, ¿qué puede decir? ¿Qué otra cosa puede responder más que «¡Sí, sí, sí!»? Ya es mayor, ya ve claro cómo es el mundo, o cómo le gustaría que fuera, de manera que, ¿por qué no ir a buscar otra vida, para poder hacerse un mundo a su medida?

Entretanto, Supermask se dice que ya se ha comprometido. Ahora, tiene que ir a por todas. Es el momento de pensar en una estrategia.

Quedar en un lugar, pasar a buscarla con el coche, decirle «Sube». Ella, aunque reconozca a Supermask, no se podrá negar. Quizá, de momento, no sabrá explicarse esa presencia inesperada y no la relacionará con Supermask pero, una vez haya subido al coche y ya no pueda huir, bastará con mencionar algunas cosas que ella misma ha escrito en el Messenger para darse a conocer. «Sé quién eres, dónde vives, qué sientes, por qué estás huyendo, soy tu salvación, tu futuro, la persona que cambiará tu vida y te proporcionará toda la felicidad que te falta.» La chica no podrá ignorar el canto de las sirenas. Nadie la quiere, está terriblemente sola, va de humillación en humillación. No podrá resistirse. Huirán. Se perderán en el laberinto de la ciudad. Hablarán. Y todo se aclarará, por fin.

–¿Tú eres Supermask? –exclamará ella.

–Sí.

El problema es ¿dónde llevarla? ¿Qué hacer de ella?

El lugar ideal es la casa de Canet, claro. Es una urbanización en construcción, hay poco vecinos y, en esta época del año, no debe de haber ninguno. Y, en este momento, es cuando Supermask piensa «Nadie la oirá, si grita».

¿Si grita?

Una imagen se impone: Eva se asusta (¿por qué tiene que asustarse?), Eva grita «¡No, no, no!» (¿por qué tendría que hacerlo?). La imagen culmina con una naturaleza muerta. Accidentalmente muerta, pero muerta.

Se ha resistido, me ha golpeado, me ha insultado, me ha despreciado, me ha escupido a la cara, ¿qué coño se ha creído?

Qué horror. No, no.

No sería la primera vez.

*No sería la primera vez.*

«Yo sólo quiero lo mejor para ellas pero, a la hora de la verdad, me rechazan. ¡No soy un monstruo!»

Supermask se duerme lentamente. Se le mueven los labios, involuntariamente, mientras el sueño le gana la partida.

«A la hora de la verdad me rechazan.»

«No soy un monstruo.»

«No, no.»

«No sería la primera.»

# 3

Eva llega al instituto, a primera hora de la mañana.

Es territorio enemigo.

Hostilidad por todas partes. Los profes que miran con esa superioridad, ese despotismo, esa indiferencia. Algunos te miran en plan colega, «eh, ¿cómo va eso?», pero es la mirada del tendero que tiene que quedar bien con la clientela mientras por dentro está pensando en las horas que le faltan para terminar la jornada laboral.

Y, más allá, las miradas de las Tiburonas de Elisenda, provocadoras, desafiantes, malas bestias, siempre a punto para hacer daño. Y los otros, con cara de pescado, pasando de todo, «que te den, tía, a mí qué me importan tus neuras». Como Ernesto, por ejemplo, míralo, cómo te come con los ojos, que no sabes si está pensando en violarte o es que le das asco. A principio de curso, tan halagador y sobón, como si quisiera ligar con ella y ahora la observa de lejos, con esos ojitos de poca cosa, sobre todo no te acerques, no te vaya a contagiar la lepra. Y, por las noches, se disfraza de Jazzsinger y le envía poemas donde rima macetas con tetas y adorada con mamada.

Eva es blancanieves perdida en el bosque, de noche, rodeada de presencias terroríficas. Eva es la superviviente que trata de hacerse invisible porque los demás no la quieren ver. Porque ella es la Chica Sin.

Ya hace dos semanas, catorce días, diez días lectivos, que apareció la sentencia escrita en la pizarra, ¿a que no adivinas quién la puso?

Eva = Sinnnnnn.

La maldición.

Ya lo hicieron el año pasado, a la chica obesa que se llamaba Diana, y este año Diana ya no viene al instituto, lo conseguisteis, Tiburonas, felicidades. Desde el primer día de curso, vibraban la inquietud y la expectativa de quién sería este año la víctima. Quién sería la Chica Sin. O sea, aquella chica sin nada ni nadie, la inexistente, aquélla a la que nadie dirigiría la palabra si no quisiera ser rigurosamente castigada por las Tiburonas de Elisenda. (Y, cuando las Tiburonas te ponen en su punto de mira, ya puedes empezar a temblar, chico.)

Ya hace dos semanas que Eva Fabregat no existe para sus compañeros. Ni siquiera para el imbécil, traidor, cobarde, desertor, Ernesto que un buen día empezó a llevarle los libros a Elisenda y una semana después ya se estaban morreando bajo los soportales de la avenida.

–¡Eh, Eva! –la voz entusiasta y agradable le provoca un sobresalto que le desboca el corazón.

¿Quién se atreve a hablarle así?

Ah, es Chesco. No podía ser otro, un *alien* procedente del espacio exterior. Es un técnico informático que últimamente está reparando los aparatos de la clase de tecno. Pasa por el lado de Eva y le alborota el cabello, muy dinámico él, muy sonriente, tan guapote. ¿Qué edad debe de tener? Más de treinta, seguro, con esos cabellos grises inconfundibles, pero resulta más jovial que muchos de los chicos, tan sano, tan espontáneo.

Cuando entran en clase de tecno, el profe, Pedro Galabarte, más conocido como Tolondro, en su lucha personal contra la marginación de Eva, obliga a cada uno de los alumnos a saludarla personalmente.

–Saluda a Eva, José Luis.

–Hola, Eva.

–Saluda a Eva, María.

–Hola, Eva.

–Rubén.

–Hola, Eva.

–Saluda a Eva, Elisenda.

–Hola, Eva.

Uno tras otro le desean buenos días por obligación y Eva no sabe dónde mirar, apretando los dientes para reprimir las ganas de gritar como una loca, basta ya, basta ya, basta ya, que es mil veces más humillante aquella situación que el silencio y la distancia.

–Saluda a Eva, Ernesto.

–Buenos días, Eva.

De buena gana le pegaría un bofetón, al cobarde de Ernesto, que sólo le dirige la palabra cuando lo obligan.

Empieza la clase. Están haciendo una página web. Eva forma equipo con una pasmada de gafitas que se ha apropiado del trabajo y hace lo que quiere, la Página Web de los Sinónimos y Antónimos, tal vez para hacerle un favor secreto a Eva porque después compartirán la nota, y Eva deja que haga, sin dirigirle la palabra porque sabe que la Pasmada podría hablar con ella, tendría el permiso de las Tiburonas para aparentar delante de los profes, de manera que, en este caso, si no charlan es porque Eva no quiere y a Eva le parece que ésta es una forma muy sutil de venganza.

El profesor llama la atención de Ernesto, que está hablando con Chesco, que ya está desmontando una torre.

–Ernesto: te recuerdo que tu compañero de trabajo es Marc, y que tendrías que permitir que Chesco se dedicara al suyo.

–Es que le estaba preguntando de dónde salen las tres w de las páginas web. ¿Lo han puesto por casualidad, como podrían haber puesto tres zetas o cuatro equis, o...?

–Pues pregúntamelo a mí, porque te recuerdo que aquí el profesor soy yo, y no Chesco. ¿Qué quieres saber?

El Tolondro es así: muy estirado, ceremonioso y formalista. Las cosas sólo se pueden hacer de una manera, que es como él dice, y, si se hacen de cualquier otra manera, están mal hechas. Ante el silencio de Ernesto, repite, con una chispa de impaciencia:

–Bueno, ¿qué quieres saber?

Y Ernesto debe repetir la pregunta. Suspira y suelta:

–¿De dónde salen las tres w de las páginas web? ¿Lo han puesto por casualidad, como podrían haber puesto tres zetas o cuatro equis, o qué?

El Tolondro reacciona entonces como si Ernesto le hubiera hecho la pregunta espontáneamente por primera vez y nada de todo lo anterior hubiera sucedido. Parece que le alegra mucho que le hayan hecho esta pregunta que le permite un poco de lucimiento personal.

–Las tres w vienen de las palabras inglesas *World Wide Web*, que significa «la telaraña tan grande que abarca todo el mundo». Y lo que yo estaba diciendo es que estas tres w representan una inmensa red de ordenadores de todo tipo, con todo tipo de programas, muchos incompatibles unos con otros. Si decimos que Java es un lenguaje multiplataforma nos referimos a que sirve para cualquier tipo de programas y así supera cualquier problema de incompatibilidad. ¿Entendido? –El profesor se ha fijado en la cara de Eva y se echa a reír–. ¿Entendido, Eva? ¿Ahora ya sabemos lo que quiere decir Java? ¿Qué pasa? Estoy hablando en japonés, ¿eh? Para ti, Java aún es una isla de Indonesia, ¿verdad?

Eva vuelve a la tierra y parpadea, atónita, «¿Qué?», mientras toda la clase estalla en una carcajada. La chica traga saliva y se pone colorada. No ha entendido nada, ni ganas. ¿Qué le importa, a ella, nada de todo aquello, Java, Indonesia, incompatibilidad, multiplataforma, clases, aulas, profesores, instituto, casa, mundo, que corcho le importa, que corcho le va a importar a ella nada de nada?

Las blancanieves perdidas en el bosque, abrumadas por amenazas invisibles, no se pueden concentrar en esta clase de tonterías.

El mundo es muy duro, Eva.

# 4

A la hora del recreo, para no encontrarse con nadie, Eva se refugia en un rincón de la biblioteca y finge que lee. Está allí, delante de un libro abierto, pensando, luchando contra el desánimo, incubando rabia y prometiéndose venganzas espantosas, como plagas bíblicas o cataclismos apocalípticos, cosas así.

Por eso, Eva ni siquiera está presente cuando el Mediacaca se encuentra haciendo el peor de los ridículos.

El Mediacaca es el director del instituto. Es un hombrecillo ridículo, de aspecto antiguo a pesar de su edad, como si siempre fuera disfrazado de abuelo. Tiene un tupé rizado, abundante y siempre muy repeinado, y usa chaqueta cruzada con botones dorados, corbata de nudo extravagantemente grande, pantalones demasiado cortos y zapatos brillantes que crujen a cada paso.

Tan estirado y aristocrático como quiere parecer, tiene una costumbre que echa a rodar toda su dignidad. Cuando va a los lavabos, hace un movimiento ampuloso de mano hacia la bragueta, como si quisiera empezarse a desabrochar antes de encerrarse en el reservado. Cualquiera diría que se muere de ganas de proclamar «Atención, chicos y chicas, profesores y profesoras, que el director del centro se dispone a mear». Y así, cejijunto y envarado, desaparece en el interior de los váteres.

Esta mañana, por lo visto, no sólo pretendía mear, sino que sus necesidades abarcaban objetivos mucho más ambiciosos. Cruzó los lavabos, donde había un par de profesores haciendo sus cosas, y se encerró en uno de los retretes. Allí, se sabe seguro que se desabrochó el cinturón, bajó la cremallera y arrió pantalones y calzoncillos. Se supone que también se sentó, pero este extremo no está documentado.

Un segundo después, unos gritos espeluznantes procedentes del retrete de al lado sacuden el lavabo de los profesores y atraviesan las paredes y llenan de pánico los pasillos.

–¡Socorro! ¡Socorro! ¡Auxilio!

Estudiantes que circulan por el piso de arriba e incluso los del patio se ven convulsionados por los alaridos, se horripilan, caen de sus manos las carpetas, los libros, los folios cubiertos de apuntes. Media docena de ellos recurren a los móviles para avisar a la policía y a los bomberos inmediatamente porque lo que ocurre debe de ser terrorífico. Si todo esto son los efectos del escándalo a una cierta distancia y con tabiques y muros por medio, se puede calcular qué es lo que sucede en el mismo interior del excusado.

–¡Socorro! ¡Socorro! ¡Auxilio!

Los dos profesores que se estaban lavando las manos nunca podrán olvidar la imagen del Mediacaca saliendo despavorido del cagadero, despatarrado, con los pantalones y los calzoncillos alrededor de los tobillos y con aquella cara de cómico desconsuelo de quien se siente víctima de unos dioses arbitrarios e injustos.

–¡Socorro! ¡Socorro! ¡Auxilio!

Tardan un poco en detectar el origen de los aullidos infrahumanos. Provienen del retrete del extremo y, cuando los hombres alarmados abren la puerta (que, por cierto, no tenía echado el cerrojo) se encuentran dos altavoces de medida considerable unidos a un diminuto aparato de mp3.

Ah, sólo era una broma.

Ja ja.

Una broma cuya víctima principal (aunque sólo sea por casualidad) es el mismo director del centro, espatarrado, con las manos tendidas hacia adelante, como las de un muerto viviente, para demostrar la repugnancia que le causaba la sensación de suciedad fresca en las posaderas, y herido de muerte en pleno amor propio. Los dos profesores que lo encontraron allí, en el lavabo, aunque fueron capaces de contener las carcajadas que les saltaban a flor de labios, estuvieron a punto de perder su puesto de trabajo de manera fulminante sólo por haber visto lo que habían visto y, en todo caso, su relación con el director nunca volvió a ser fluida y cordial.

–¡Quiero saber quién lo ha hecho! –dijo el Mediacaca en cuanto recuperó el don de la palabra–. ¡Quiero saberlo inmediatamente!

Todo el profesorado se convierte en un Sherlock Holmes corporativo que estudia el aparato de mp3 con lupa, que indaga quién pudo sacar los altavoces de clase de tecno, que apabulla a los principales sospechosos con las típicas preguntas, «¿dónde estabas exactamente a las once de esta mañana?», «¿has visto a alguien salir del laboratorio cargado con los altavoces?» y cosas por el estilo.

De manera que, poco antes de las cuatro de la tarde, los ojos de la autoridad se vuelven de manera unánime hacia Eva Fabregat.

–Eva –dice la secretaria de dirección–. ¿Puedes venir un momento, que el director quiere verte?

Eva camina con mucho miedo, convencida de que una vez más el mundo está a punto de caer sobre su cabeza.

Entra al despacho de Mediacaca. Éste ya se ha subido los pantalones y se los ha abrochado y ha recuperado la arrogancia que le caracteriza y la está esperando atrincherado detrás de su escritorio. Hay quien dice que, allí, Mediacaca tiene un escabel donde se encarama para imponer autoridad y dictar sentencias. Y es que Mediacaca, detrás del escritorio, se crece.

–Este artefacto –dice, desdeñoso, refiriéndose al pequeño aparato que hay a la vista de todos–, nos han dicho que es tuyo.

Eva reconoce el aparato. Se lo regalaron sus padres por Reyes. Le desapareció hace dos días. Lo utilizaba para escuchar música en los trayectos de ida y vuelta del insti. Podría decir que no, que no es el suyo, pero sabe que todos sus compañeros y compañeras de clase lo conocen y está segura de que todos, todos, incluso Ernesto, están dispuestos a señalarla con el dedo, «¡Es suyo!», sin dudar ni un nanosegundo. Así que, ¿por qué no decirlo? Las cosas no pueden ir peor de como van. ¿Qué más pueden hacerle?

–Sí –Reconoce–. Es mío.

Mediacaca le dedica un discurso que empieza así:

–¡Muy bien, pequeña neurótica marginada y resentida! ¡Me la suda si tus compañero te hacen putadas, quizá tendrías que pensar por qué te eligen como chiva expiatoria, qué les has hecho tú para que te tengan tirria, pero quiero que sepas que no estoy dispuesto...!

Eva sale llorando amargamente del despacho del director. Un llanto tan sentido que rompe el corazón. Pero nadie se acerca para consolarla.

Porque es la Chica Sin.

Se salta la última clase. No quiere que nadie la vea llorar.

Sale chocando con el marco de la puerta.

Una profesora que se llama Adelaida la ve salir de aquella manera y se le forma un nudo en la garganta.

## 5

–¡Eva!

Adelaida, la de Sociales, es una mujer gordita, modelo ama de casa, bienintencionada, sufridora, todos le tomaban el pelo. No se preocupaba demasiado por su indumentaria, que consistía en rebecas agujereadas en los codos, blusas arrugadas, faldas por debajo de las rodillas y zapato plano. Siempre se la veía corriendo de un lado para otro, «ay, que se me olvida una cosa», «ay, ¿qué venía a hacer, ahora, aquí?».

Ahora la vemos precipitarse hacia la puerta del instituto y detenerse en seco porque quizá tenga el bolso en la sala de profesores y a lo mejor lo necesita, pero no tiene tiempo de ir a buscarlo si quiere atrapar a Eva antes de que se le escape, y sólo será un momento, de manera que da dos pasos para aquí, dos para allá, media vuelta y se anima a salir a la calle en una carrera desbaratada, «¡Eva! ¡Eva!», y Eva la oye pero no hace caso, como si nada, directamente hacia la boca del metro.

–¡Eva! ¡Eva! ¡Criatura!

Los profesores saben que a Eva le hacen el vacío, pero no saben cómo evitarlo. Han hablado mil veces con Elisenda y sus amigas y no ha servido de nada. No se puede obligar a nadie a que hable con alguien, sobre todo cuando este alguien tampoco hace ningún esfuerzo para acercarse a nadie.

–¡Eva! ¡Eva! ¡Espera, criatura!

La atrapa.

Eva se muerde los labios y se limpia las lágrimas con un manotazo, sorbe los mocos ruidosamente y la mira con odio.

–¿Qué te ha pasado, Eva? –le pregunta Adelaida con ojos de gran compasión.

–Que soy la culpable –escupe ella, rabiosa–. ¿De qué? ¡Ah, no lo sé, de todo, de lo que sea, pero la culpable soy yo!

Le resulta muy difícil hablar. Quiere irse de allí, meterse en el metro, bajo tierra, donde nadie pueda verla.

–¡Espera! –Adelaida la agarra de la ropa–. Eva: sé que se están pasando mucho. No hay derecho a lo que te están haciendo...

–No siga –la interrumpe la chica–. No siga por este camino porque eso es precisamente lo que me ha dicho el director. –Muy dura, ella, luchando contra el rictus del llanto, contra el reblandecimiento de las facciones que delatará que debajo del odio se esconde el desconsuelo más profundo–. Como no hay derecho a lo que me están haciendo, resulta que yo soy una resentida que se venga, ¿sabe? Me vengo de todos poniendo mi mp3 en el wáter de los profes pidiendo socorro a gritos... –Estalla en llanto, inevitablemente, quizá porque es verdad que le gustaría pedir socorro a gritos. Y quiere esconder la cabeza bajo el ala, mira al suelo, aparta la vista, muy conmocionada–. No hay derecho, no hay derecho...

Adelaida todavía la tiene agarrada de la manga. Ahora, quiere abrazarla, pasarle el brazo por encima de los hombros.

–No, no, no hay derecho, criatura –dice.

Pero Eva no puede soportar aquella demostración de cariño allí, en medio de la calle. Ya no cree en nadie. ¿Y ahora por qué me está sobando esta mujer? ¿Qué quiere? Los pensamientos, los miedos y los prejuicios saltan de una neurona a la otra y, de repente, se enciende la lucecita, las maledicencias que corren por el instituto, y Eva aleja a la profesora con un brusco empujón.

–¡Y haga el favor de no tocarme más! ¿No sabe que estoy apestada, que no se me puede dirigir la palabra, que soy la Chica Sin? –Y, no puede evitarlo–: ¿O es que se ha enamorado de mí y se quiere aprovechar? ¡Sólo me faltaría que me llamaran bollera, ahora!

No ha podido evitarlo. Porque las personas que se sienten tratadas injustamente, doloridas y rencorosas, tienen tendencia a tratar injustamente a los otros, en justa reciprocidad, a hacerles daño, enviarlos al cuerno. Eva sabe que hará daño a Adelaida si alude a su presunta homosexualidad, tan comentada por las aulas, y por eso lo ha mencionado, porque está enfurecida y quiere hacer daño, porque se quiere cobrar el ojo por ojo, porque sí es verdad que existe una Eva sedienta de venganza.

Adelaida queda paralizada, como el boxeador que acaba de recibir el golpe de la derrota, parpadea aturdida, moviendo los labios desconcertados, y Eva aprovecha para librarse de ella, quitársela de encima, enviarla al cuerno y alejarse, escaleras del metro abajo, hacia las entrañas de la tierra.

Adelaida, herida, herida, aprieta los labios y cambia de expresión. Desaparece la profesora comprensiva y bienintencionada porque ella también ha recibido muchos golpes en su vida, y también sabe que más vale no ir a por lana si no quiere salir trasquilada. Su boca se tuerce en un insulto, que se traga, mientras regresa hacia el instituto. Ella también es una marginada resentida cuando se encuentra con gente que quiere hacerle daño y sabe cómo hacerlo.

## 6

Cuando llega a casa, la sorprende que no estén sus padres, ni el uno ni la otra, pero no pierde ni un instante en explicarse la ausencia. Podría pensar, quizá, que ella ha venido más temprano que de costumbre porque se ha saltado la última clase, precisamente la de mates, que tenía un control y se le ha olvidado, mira por dónde. Pero no piensa en eso. Porque estar sola significa que dispone de todo el ordenador para ella sola y que puede meterse de cabeza en el Messenger sin pedir permiso a nadie.

Se mete de cabeza.

¿Hay alguien ahí? Sí. Jazzsinger no está, porque debe de encontrarse aún en clase, llenando los folios del examen, pero está éste y aquél y el otro, seis o siete de los corresponsales habituales.

Dice el Comerroscos: Ola

Dice Nos: K hcs¿?

Dice el Comerroscos: y tu¿?

Dice Nos: A lo mejor la semana k v no podrms ablar

Dice el Comerroscos: Px¿?

Dice Nos: Px no tendre ordenata

Dice el Comerroscos: Px¿?

Eva no contesta. No quiere hablar de su próxima fuga. No sabe quién es este Comerroscos. No sabe qué uso podría hacer de esta información.

En cuanto empieza a pulsar teclas, Eva se va relajando y aparece un nuevo fulgor en sus ojos y una ligera sonrisa complacida en el rostro. Ahora mismo, si se lo preguntaran, diría que es feliz. Que ya tiene lo que quiere. Como mínimo, todo lo que le permiten tener.

Amigos.

Dice el Nena km mgustas piernicortapiernilarga: K as hch oy¿?

Dice Nos: El dir de linsti casi mexpulsa

Dice el Nena km mgustas piernicortapiernilarga: P x¿?

Dice Nos: Una gamberrada

Dice el Nena km mgustas piernicortapiernilarga: K le has hch¿?

Dice Nos: Le he bajado los pantalones delante de todos

Dice el Nena km mgustas piernicortapiernilarga: N jds

Dice Nos: Ojala mubiera xpulsao

Dice el Nena km mgustas piernicortapiernilarga: Te gustaria que t xpulsaran¿?

Dice Nos: Así sacabaria linsti duna vez

Dice Nos: Timagines k mxpulsen de linsti y mis viejos mxpulsen de casa¿?

Dice Nos: Uau seria guai tio

Ésta es la panda de amigos que ha podido cultivar, amigos incondicionales y fieles, con los que se puede comunicar sin trabas ni censuras.

Cuando Eva se encuentra cara a cara con otra persona, tropieza con muchas dificultades para comunicarse con ella. Es la manera como la otra la mira, que la inhibe, o a lo mejor le parece que no la invita a expresarse, que no demuestra ninguna curiosidad por lo que ella pueda decirle; o quizá sea la manera de vestir de la otra, que ya le cae antipática y no la anima a buscar temas en común; o tal vez la sospecha de que la otra te saldrá con un «a mí qué me importa» o «qué te enrollas, tía». El caso es que cuesta, da vergüenza, da corte, da palo.

Y, en seguida, cuando menos lo espera, llega Supermask.

Dice Supermask: Hoy tienes que demostrarme tu amor por lo que tú sabes.

Dice Nos: K se¿?

Dice Supermask: Chsst. Nuestro secreto.

Dice Nos: A

Cuando te sientas delante de la pantalla del ordenador, todas las ventanas que se abren ante tus ojos pertenecen a chicos que quieren hablar contigo, y no te miran, no les importa cómo vas vestida, ni cómo eres, en todo caso ya nos lo contaremos más adelante, cuando nos conozcamos un poco más a fondo.

Dice Supermask: Me quieres¿?

Dice Nos: S

Dice Supermask: Demuestramelo

Dice Nos: Komo¿?

Dice Supermask: Haz lo que te diré. Tienes a mano la cámara de fotos digital?

Dice Nos: S

Dice Supermask: Enséñame un pecho

Dice Nos: K dics¿?

Dice Supermask: Si me quieres, lo harás

Dice Nos: N l hare

Dice Supermask: Lo sabía. No me quieres. Después dirás.

Más tarde, poco a poco, sin la brutalidad de la presencia física, puedes empezar a interesarte por el físico del otro, que igual tiene una webcam o se puede escanear una foto digital de sí mismo, y entonces ya puedes decir que tienes un amigo, un buen amigo, un amigo del alma.

Dice Supermask: Va

Dice Nos: K dics¿?

Dice Supermask: ...

Dice Nos: Di algo tio

Dice Supermask: Adiós

Dice Nos: Va

Dice Supermask: Demuestrame que me quieres

Dice Nos: Oks

Dice Supermask: Lo harás?

Dice Nos: Es k...

Claro que puede ser que tu corresponsal te esté mintiendo, que no se llame como asegura, o que no tenga la edad que te ha dicho, o que te haya enviado la foto de otro, claro que sí, pero eso forma parte de la máscara que favorece tanto la comunicación: precisamente la posibilidad de engañar, de hacerte pasar por lo que no eres. Porque, como a Eva no le gusta ser como es, como no se gusta a sí misma, este sistema de comunicación le permite mostrarse mejor, decir que tiene más edad, que es muy guapa, que tiene unos gustos que en realidad no tiene. Enviar la foto de otra chica.

Pero a Supermask no puede mentirle. A él no, porque sabe que es sincero con ella.

Dice Supermask: Dices que me quieres tanto y no me puedes ni enseñar un pecho¿?

Dice Nos: oks

Dice Supermask: Haz lo que te diré. Coge la cámara digital

Dice Nos: Yasta

Y, ¿quieres que te diga una cosa? Bajo esta máscara (la pantalla, el lenguaje cifrado, las mentiras, la foto falsa), se expresa mucho mejor que de viva voz. A través del msn, Eva dice cosas que nunca diría a nadie a la cara. Te kiero mucho (Tkm), me gustas mucho (Mgm), puede decir todas las marranadas que quiera porque nadie ve si se pone colorada o no, y resulta excitante, y puede hacer promesas, y puede insultar y puede enviar al cuerno a quien quiera, y después se puede excusar, y no pasa nada, y si alguien te retira la palabra, da igual porque todo se resume a unas letras en una pantalla, total nada, todo inofensivo, todo virtual, todo falso.

Dice Supermask: Llevas blusa¿?

Dice Nos: No. Jersei

Dice Supermask: Si te bajas el cuello, se ve el pecho¿?

Dice Nos: S

Dice Supermask: Hazlo. Y hazte así una foto. K se te vea el pecho.

Dice Nos: Yasta

Dice Supermask: Ahora, escanéala. Y carga la foto en el ordenador.

Dice Nos: Se hazrlo

Dice Supermask: Hazlo. Y envíamela

Dice Nos: Spera

Dice Supermask: Yasta¿?

Dice Nos: S

Pero con Supermask no hay mentiras. No es mentira su plan de fuga. No es mentira la promesa de amor eterno. Con Supermask no hay mentiras.

Ahora sí, ha llegado el momento de reunirse con él y de pasar de la vida virtual a la vida real, y eso realmente da un poco de miedo, pero no hay motivos para tener miedo porque ya se conocen, son amigos, ella sabe perfectamente que puede fiarse de él, sabe que es mayor que ella y que podrá protegerla, que la comprende y la acepta tal como es y la anima y seguro que hará todo lo posible para que ella sea feliz.

Dice Supermask: Ahora, borra la foto. Vete al archivo donde la has guardado y bórrala. Y ve a la papelera de reciclaje y bórrala también de allí.

Dice Nos: Yasta

Dice Supermask: Así me gusta. Que hagas lo que yo te diga. Eres muy guapa, sabes?

Dice Nos: S

Dice Supermask: No le cuentes a nadie nuestro secreto

# 7

Ayer por la noche, no tuvieron bronca.

A veces, ocurre.

Quizá fue que Eva se quedó demasiado asustada después de haberle enviado a Supermask una fotografía mostrándole el pecho. ¿Y si ahora se la enseña a todo el mundo, colgándola en la red?

Estuvo toda la noche esperando que volviera a llamarla y eso la mantuvo callada, nerviosa, apabullada y obedeciendo. Sus padres estuvieron amables, demasiado charlatanes, haciendo muchas preguntas (como siempre) que ella no respondió y, en cuanto terminó la cena y levantaron la mesa, le permitieron que volviera al ordenador. Pero, a aquellas horas, Eva ya tiene muy poco interés porque Supermask no se conecta nunca después de las nueve.

Soportó mal el poema de Jazzsinger, que rimaba sabios con labios y guapetón con lametón y le respondió con un escueto «Cerdo imbécil».

Esta mañana, se ha escabullido hacia el insti sin dirigirles la palabra y casi sin desayunar. Le ha parecido que se preparaba muy mal rollo: miradas de angustia profunda y la tendencia de su madre a abrazarla y acariciarla y darle besos en plan dramático. La ha rechazado como si se temiera que tantas muestras de afecto fueran presagio de sermones o recriminaciones o discusiones con gritos e histeria.

Muy entera, muy dura, muy decidida, se dice que está a punto de romper para siempre, con sus padres y con todos los malos rollos de casa y del insti y, por tanto, tiene que pasar de tanta sensiblería. Se acabó.

Y en el metro, cuanto más piensa en ello más triste se pone, y se le escapa el llanto, como a una tonta, con la cabeza apoyada en un rincón, horrorizada por la posibilidad de que alguien le ponga la mano en el hombro y le pregunte si le ocurre algo, si necesita ayuda, y sólo la consuela pensar en Supermask, «sí, sí, necesito una ayuda que sólo Supermask puede darme».

Después, viene el largo, larguísimo jueves de instituto. Sociales con Adelaida. Blablablá que a Eva no le interesa en absoluto. Mientras ignora el discurso monótono, Eva mira a su alrededor y se va despidiendo de todos. De Ernesto, de Elisenda y las Tiburonas, de la Pasmada de gafitas. Piensa que a lo mejor el lunes ya no estará aquí. Tendría que huir este mismo fin de semana.

Pero ayer Supermask no llamó. Y, si no hablan de viva voz, no podrá hacer nada, no podrá huir.

Eva se pasa un rato pensando cómo debe de ser Supermask. Ya sabe que es mayor que ella. Es un adulto, ya lo sabe y no le importa. Muy al contrario: eso le da seguridad. Será una persona que sabrá moverse por la vida, con recursos y dinero. Le dará toda la seguridad que Eva necesita. Y, además, le ha dicho que lo conoce. ¿Quién puede ser? ¿Lo conocerá mucho o poco? ¿Será un amigo o sólo un conocido? ¿O un pariente?

Adelaida, cuando acaba la clase, la retiene:

–Un momento, Eva, espera. –Y Eva se espera sin mirarla a la cara, impaciente, esperando reproches o discursos.

Pero Adelaida sólo la mira fijamente y se limita a decir–: No tendrías que ser cruel con quien te quiere ayudar, Eva. La ayuda puede llegarte de donde menos te lo esperas.

Eva responde:

–Vale.

Y se escabulle.

Lleva el móvil conectado aunque está totalmente prohibido en todo el instituto y la castigarán si la ven hablando por él, pero necesita estar conectada con Supermask porque, si no se ponen de acuerdo, no podrá huir, no podrá huir.

En algún otro momento de la mañana, el Tolondro de Tecno la llama por el pasillo.

–Eh, Eva. Ven un momento, ¿quieres?

A Eva le parece que la mira de una manera especial, profunda y compasiva:

–Ven, que me ayudarás a poner los altavoces en su sitio.

A ella le parece un sarcasmo, un castigo. Ella no sacó los altavoces de allí. Ella no tuvo nada que ver con la gamberrada del wáter de profesores. Y, como si le leyera los pensamientos, mientras están conectando los cables, el Tolondro le dice:

–Sé que no lo hiciste tú. –Ella asiente con la cabeza, resignada, dando a entender que le da igual lo que piense la gente, que el daño ya está hecho–. Hablaré con el director.

Eva salta:

–No, no lo haga. Ya no vale la pena. Los que me odian ya me odian bastante y los que me compadecen, ya estoy harta de que me compadezcan. Que se metan su compasión donde les quepa.

El profe de Tecno mueve la cabeza, como admirado, y se diría que no puede quitarle la vista de encima.

Y quien tampoco parece que pueda quitarle la vista de encima es Chesco, que se encuentra al otro lado del aula, hurgando en un ordenador. Tan simpático, con su sonrisa, sus cabellos blancos que contrastan con el rostro joven y jovial como si alguna bruja mala hubiera querido poner aquel toque de vejez en alguien que había conseguido la eterna juventud.

El Tolondro no dice nada más que «gracias» cuando acaban su trabajo. Entonces, en el momento de salir (de huir, porque Eva siempre está huyendo de todas partes), Chesco le sale al paso, la agarra del brazo y se le acerca, confidente:

–¿Sabes qué tienes que hacer? –le dice, mirándola con intención e intensidad, como el vidente que envía un mensaje telepático, más profundo que las mismas palabras–. Enviarlos a todos al cuerno.

Eva sale del aula maravillada. Realmente, podría pensar que el técnico informático le ha leído el pensamiento.

# 8

En la empresa del señor Fabregat trabaja una chica joven que, por las tardes, estudia psicología. Esta mañana, Tomás Fabregat la mira de lejos con ganas de acercarse a ella y hacerle algunas preguntas sobre la pederastia. Da pasos dubitativos adelante y atrás, porque no se quiere mostrar como padre angustiado y paranoico de una posible víctima de pervertidos sexuales. No sabe por qué pero le da vergüenza. Piensa «no tienen por qué saber nada de mis preocupaciones», pero a la vez experimenta una necesidad violenta de resolver sus dudas. En realidad, está deseando que alguien le diga que esto no tiene importancia, que es una leyenda urbana, que no hay para tanto, que es un anticuado y un carca y que debe permitir que su hija haga lo que quiera.

Por fin, se encuentra delante de la mesa de Elisa, la estudiante de psicología, y, al mismo tiempo que le entrega unas hojas de pedido, improvisa una sonrisa amable y dice:

–Esta mañana, he oído que en la radio hablaban de la pederastia, de los pederastas, esos pervertidos que meten mano a los niños... Tú, que estudias psicología, ¿no te parece que exageran un poco?

La chica levanta la vista. Parece desconcertada.

–¿Que exageran un poco? –responde.

–Claro –exclama él, casi festivo–. Un hombre mayor con una chica joven. Eso se ve cada día. ¿Qué pasa? ¿Qué puede pasar? Si ella se le está entregando conscientemente... ¿Qué pueden hacerle a... a la...? ¿Qué le puede pasar?

Elisa lo mira como si malinterpretara sus palabras. ¿Qué le está diciendo? ¿Que tiene tendencias pederastas?

–Pues pueden hacerle mucho daño –dice, casi acusadora.

–¿Mucho daño? –gimotea él. Y se resiste, con el corazón hecho un trapo–: Bueno, no sé. ¿Qué daño? ¿Que la niña follará un año o dos antes de lo previsto? Total, nada. Los tiempos cambian...

–No, no, no –dice Elisa con los ojos como platos–. Un menor que cae en manos de un pederasta necesitará tratamiento psicológico y psiquiátrico muy serio. Y suerte tendrá si después no le quedan secuelas...

Tomás traga saliva con dificultad y espera que la chica no se dé cuenta de ello. La sonrisa se le vuelve más y más rígida.

–¿Tú crees? –tartamudea.

–Está comprobado –afirma la chica sin ocultar su escándalo–. Se supone que un menor lo es porque no tiene el desarrollo emocional y el conocimiento necesarios para enfrentarse a una situación así.

–Pero si es ella misma la que se ofrece...

–Un momento, un momento –Elisa no puede soportar esta actitud de Tomás, y Tomás no sabe cómo salir del berenjenal en que se ha metido–. Ni se le ocurra culpar a la víctima. En muchos casos, además de sufrir el abuso del pederasta, el menor tiene que soportar que sus padres, sus parientes, sus vecinos y hasta los educadores, le echen a él las culpas. Y sólo faltan la policía y los jueces interrogándolos y sometiéndolos a un tercer grado, hablando públicamente de su intimidad y de su humillación. Y ellos, pobrecitos, los más débiles, agachan la cabeza y aceptan todas las culpas. Más que eso: muchas veces tienden a defender a quienes los han violado, porque en ellos ven a las únicas personas en quien pueden confiar.

Tomás trata de batirse en retirada.

–Bueno, no, claro, visto desde ese punto de vista...

–No hay otro. Hay que ir con mucho cuidado. El menor tiene muchas limitaciones y muchas necesidades, y puede cometer errores por su inexperiencia. El pederasta es quien se aprovecha de todo ello. Y lo hace conscientemente. ¿Pero es que no lee los periódicos? Hay casos espeluznantes. ¡Hombres que se lo montan con bebés!

A Tomás le parece que hoy hace mucho calor y que la atmósfera parece irrespirable. Sopla y eso hace que se olvide de sonreír.

–No, con bebés no, claro..., eso sería horroroso, pero, no sé, a todo el mundo le gustan los niños... –¡No quería decir eso! ¡Ahora, Elisa quedará convencida de que él está reconociendo que le gustan los niños!

–Esa gente es mala –sentencia Elisa frunciendo el ceño con expresión de fiscal–. Una cosa es el pedófilo, a quien le gustan los niños y no puede evitarlo, pero se aguanta. Y otra es el pederasta, que pasa a la acción, que no puede evitarlo. Entonces, utilizan a los niños.

Ahora, Tomás piensa que tal vez se está poniendo enfermo. Recupera lo que cree que una sonrisa simpática y, en realidad, es un rictus patético.

–Utilizan, utilizan –salta, banalizando, mientras una parte de su cerebro le chilla que más valdría que se callara–. También puede ser que se enamoren. Mira el libro de Lolita…

–¿Que se enamoren? –Elisa ha llegado a límite de su tolerancia. Ahora, lanza al combate al grueso de sus tropas–: ¿Qué quiere decir eso? ¿Qué enamoramiento puede creerse nadie cuando esos tipos buscan a los niños a través del Messenger y no los han visto nunca? Los utilizan. Sólo buscan la propia satisfacción y les da igual lo que puedan sentir o les pueda pasar a los niños. En estas redes de pederastia, se los intercambian como si fueran cromos, o trofeos. Los chicos y las chicas victimizados por pederastas suelen tener sentimientos de miedo, culpabilidad, vergüenza, depresión, dudas sobre… Incluso enfermedades psicosomáticas. Y, en un futuro, si no se les proporciona atención psiquiátrica, sufrirán disfunciones sexuales, eso seguro. Imagínelo: la persona a quien han confiado su intimidad ha abusado de ellos. Una mujer adulta que ha sido violada tiene un trauma muy difícil de superar. Imagínese a un niño, o a una niña, que no acaba de entender qué le ha ocurrido. Hay muchos que, a partir de aquel día, se autodiscriminan, que se consideran especiales, sucios, apestados… Si antes tenían una baja autoestima, no hace falta decir lo que ocurre después de ser tratados como trapos sucios… Eso no se borra así como así. No, no, no se equivoque, señor Fabregat: un pederasta hace daño, y lo sabe y, a pesar de que lo sabe, continúa haciéndolo.

No, no es que Tomás se ponga enfermo. Es la impresión. Está seguro de que se desmayará de un momento al otro. Tiene que correr a hablar con Teresa, su esposa. Tienen que acudir a la policía. Su rictus ya parece una máscara de cartón piedra.

–Bueno, está bien –dice, con un suspiro y en un tono quizá excesivamente elevado–. Bueno, habrá que seguir trabajando.

Libera una carcajada más falsa que un euro de madera y corre a buscar refugio en el interior de su despacho, se precipita sobre el teléfono y marca el número del trabajo de Teresa.

–Tenemos que ir a ver a la policía inmediatamente –le dice.

Al otro lado de la puerta, Elisa, estudiante de psicología, habla con otra empleada que está en la fotocopiadora:

–Pobre hombre –comenta–. Debe de estar viviendo un infierno. Su hija en manos de un pederasta, qué horror.

## 9

Un par de horas más tarde, los señores Fabregat entran en la Fiscalía de Menores.

Han ido primero a la comisaría del barrio y allí les han dicho que los temas de menores ya no son competencia del Cuerpo de la Policía Nacional sino de la Policía Autonómica y que el Grupo de Menores se encuentra en la Fiscalía de Menores, en la calle Roger de Flor, cerca de la Estación del Norte, junto a una gasolinera.

Han llegado, tímidos y asustados, un poco encogidos. Los han hecho pasar por un detector de metales y los han dirigido al primer piso donde les dicen que está la Comisaría de Menores, y es allí donde hay que poner la denuncia. El edificio está en construcción o reconstrucción, a las paredes les falta una mano de pintura, hay herramientas de albañiles y pintores por todas partes, como si los Mossos d'Esquadra acabaran de llegar y se estuvieran instalando en aquel preciso momento.

La Comisaría es una habitación no mucho más grande que la sala comedor de casa de los Fabregat, con cuatro o cinco mesas ocupadas por cuatro personas de paisano atentas a la pantalla de un televisor, o escribiendo a mano, o hablando por teléfono.

Un joven corpulento, en mangas de camisa, corbata floja, cabello abundante y negro, muy corto, de manera que le forma una especie de mano de pintura sobre el cráneo, les hace señas para que se acerquen y se sienten, que ya les atenderá en cuanto termine de hablar por teléfono.

–No, no se preocupe –está diciendo–. El niño está en una casa de acogida y no tendrá que declarar en el juicio –Se despide, cuelga el auricular, se dirige a los recién llegados–. Ustedes dirán.

Se explican. Tienen miedo de que su hija, de trece años, esté siendo abducida por un pederasta. Tomás lo dice así, «esté siendo abducida» y en seguida se arrepiente de ello porque ahora el policía se creerá que son unos bobos, paranoicos que no tienen otra cosa que hacer que andar molestando, y no les hará ningún caso.

El joven no se inmuta. Ni acepta ni rechaza. Al señor Fabregat le parece que lo mira demasiado fijamente, como si sospechara de él.

–¿Y por qué piensan eso?

–Hemos tenido acceso a las conversaciones que mantiene por la noche...

–Bueno, durante todo el día, en realidad, porque no hay manera de que se separe del ordenador...

–El mismo Messenger permite acceder a las conversaciones, y grabarles y, después, imprimirlas.

En una carpeta amarilla, muy bien ordenadas, han traído fotocopias de las conversaciones, y de fotos recibidas y enviadas por Eva. Se la entregan al policía, que estudia la documentación con tanta gravedad como si fuera una orden judicial o ministerial, y como si quisiera aprendérsela de memoria. Sus gestos impacientes y enérgicos hacen pensar en un policía duro y temible para todo el que quiera saltarse la ley. Tiene el cuello muy ancho, debe de costarle encontrar camisas que no lo ahoguen, y las manos gruesas, pesadas; y bajo la camisa se le adivina una musculatura de atleta.

–¿Cómo se llama, la niña?

–Eva.

–En su correspondencia se hace llamar «Nos» –murmura el policía.

–Sí...

–Es curioso. Nos es una palabra que sugiere muchas cosas. Puede ser el nos de nosotros, como el plural que usa el papa, un nosotros que da importancia, que se reafirma. Pero también es una negación en plural: muchos noes juntos. Yo soy muchos nos, que es como decir que no soy nadie. Si mezcláramos esos significados, ¿verdad? A lo mejor podríamos extraer conclusiones interesantes.

Los señores Fabregat se miran. El policía continúa leyendo en diagonal y pasando folios. Pregunta:

–¿Cómo está la niña en casa?

–No hay mucha comunicación –dice Tomás–. Yo tengo una pequeña empresa, y no dispongo de personal suficiente, porque no puedo permitírmelo, y lo que no me hacen los otros tengo que hacérmelo yo. Quiero decir que estoy poco por casa, llego tarde, y... y mi esposa también trabaja...

–¿Y cómo se llevan con la niña?

El policía no levanta la cabeza de la lectura, y Tomás Fabregat piensa que este hombre no debería leer tan deprisa y hablar al mismo tiempo, que apenas está echando una ojeada superficial, y que de esta manera no puede comprender la gravedad de los hechos.

–¿Cómo nos llevamos? –interviene Teresa–. Mal. Ya sabe lo que pasa. Por la mañana, me pregunta «Mamá, ¿qué me pongo?», yo le digo «Ponte esto», y ella «¿Esto-oo?», como si le hubiera dicho un disparate. Entonces, ¿por qué me lo pregunta? Parece que le guste discutir y llevarme la contraria.

–La adolescencia –dice el agente–. Para formarse una opinión propia, tiene que rechazar la que le imponen. O sea, tiene que llevar la contraria. Es ley de vida. ¿Y amigos, en el barrio?

–Tuvo algunos, pero... Salía con una pandilla pero, un día, este verano pasado, dos de los chicos del grupo la arrinconaron en el parque... –Ahora sí, el policía levanta la vista y frunce el ceño. Esto sí que le interesa, mira por dónde–. La besaron, le metieron mano, y ella se asustó. Bueno, y nosotros también nos asustamos. Desde entonces, dejó de salir, y a mí ya me pareció bien que se quedara en casa viendo la tele. Entonces, le entró la fiebre del Messenger.

–En el mismo instituto les enseñaron a utilizarlo –dice Tomás Fabregat con tono de recriminación, como si quisiera hacer culpables de todo a los profesores del instituto–, con toda la historia de los *passwords* y los *nicks* y todo eso. Incluso tuvieron que hacer un trabajo sobre el tema...

–¿Chatea con amigos...? –pregunta el policía–. Quiero decir, con gente que conoce personalmente, o lo hace con desconocidos.

–Desconocidos –dice Teresa–. Los conoce a través de chats, o de fórums, o son amigos de un amigo de un amigo.

El policía hace una mueca de disgusto. No lo aprueba.

Así fue cómo empezó todo. Las sospechas, los miedos, la vigilancia furtiva, violación de correspondencia, sustos, impotencia. En las primeras conversaciones que sorprendieron, Supermask ya destacaba por encima de los otros corresponsales.

Ahora, las palabras de los Fabregat ilustran los folios que el policía tiene ante los ojos.

Supermask no habla nunca de sí mismo, sólo pregunta. Empezó atendiendo y estimulando las quejas de Eva y respondiendo con un discurso halagador y seductor. «Me gusta mucho lo que has dicho», «seguro que eres una chica muy guapa», «pensar bien hace hermosos los ojos: tú debes de tenerlos preciosos», «me gusta cómo miras el mundo, aunque a ti posiblemente no te guste lo que ves, pero quizá la tuya sea una mirada demasiado descarada, y pueden hacerte daño», «explícamelo todo: puedes confiar en mi», «ostras, nena, entiendo que debes de estarlo pasando muy mal». Después, le recomendaba libros, como *Diálogo de cortesanas*, de Pierre Louys, o la película *Harold y Maude*, que acababa de salir en DVD.

Un día de la semana pasada, Eva preguntaba:

–Kuando ns conozcamos k m haras¿?

Y él respondía:

–Todo lo k m pidas, todo lo k haga falta para hacerte feliz.

Eva le correspondía con una entrega absoluta y ciega. «Eres el único que me comprende», «todos me putean menos tú», «te kiero mucho = tkm», y un montón de iconos expresivos: la carita que guiña un ojo, el corazón, los labios del beso.

Hasta llegar al «¿Px no te masturbas, ahora, y te sentirás mucho mejor¿?» y al «Enséñame un pecho, si me quieres, lo harás» de anoche.

El policía, de repente, suspira como si estuviese harto de oír tonterías, se pone de pie y, con la carpeta bajo el brazo, va hacia la puerta. Habla con alguien del despacho de al lado.

–Alicia, ¿estás libre?

–En esta santa casa, nadie está nunca libre –contesta una voz jovial, cargada de sentido del humor.

–Ven un momento, ¿quieres?

Entra una chica joven y hermosa, con el cabello rubio recogido en cola de caballo, vestida con una camisa de corte masculino, abierta en el cuello para permitir que se vea en el escote una cruz dorada. Tomás Fabregat piensa que es demasiado bonita y demasiado esmirriada para ser policía. No se la imagina luchando cuerpo a cuerpo con un delincuente peligroso. Y, además, usa gafas. Unas gafas de miopía detrás de las cuales observan con mucha atención unos ojos azules y frágiles de expresión dulce. Su sonrisa espontánea se encuentra con unos señores Fabregat tensos y asustados.

El policía corpulento vuelve a sentarse y le enseña los folios fotocopiados del msn.

–Mira esto –dice, lacónico.

La llamada Alicia apoya las manos en la mesa y se pone a leer con mucha atención.

–Fíjate –le indica él–: firma Nos. Una palabra polisémica, ¿te das cuenta? Es una chica que quiere reivindicarse: no soy una cualquiera, soy yo, más que yo: Nos, como el papa de Roma, ejercer algún tipo de autoridad. Pero, al mismo tiempo, se niega. «Nos» también es negativo. Muchos noes.

Alicia mira a los señores Fabregat con expresión un poco escéptica.

–A Manuel le encantan estas cosas –comenta.

–Las palabras siempre dicen mucho más de lo que nos parece –se excusa él.

–Va, déjame leer –dice ella, de buen humor. Sonríe un poco, pero no es el momento de bromas, de manera que recupera la seriedad, agacha la cabeza y continúa con la lectura.

–¿Y amigos o amigas en el instituto? –continúa el interrogatorio el policía que se llama Manuel.

Los padres se miran. Niegan con la cabeza. Hacen muecas.

–En el instituto, me parece que hay mal rollo, en el instituto –dice él.

–Bueno, no nos cuenta nada –la madre.

–Sabemos que hay mal rollo, pero no nos cuenta nada. Le molesta que le preguntemos.

Alicia no aparta los ojos de los papeles, que va hojeando con manos nerviosas, con tanta atención que el matrimonio Fabregat se alarma. Como si ese interés tuviera que ser directamente proporcional al peligro que corre Eva.

–Yo no sé si la hemos valorado poco –está diciendo Tomás Fabregat–, pero lo cierto es que ella se valora muy poco. No se gusta, ni en cuerpo ni en alma, y cree que no puede gustar a nadie, y no tiene ninguna confianza en su inteligencia ni en su fuerza y no hay manera de convencerla de lo que vale. Es como si se hubiera abandonado, como si se hubiera rendido.

El policía corpulento asiente y asiente, como si estuviera muy de acuerdo con ellos, pero al mismo tiempo pensando en otra cosa.

–Y nosotros –interviene Teresa– no sabemos qué hacer. Porque parece que no sirve de nada decirle que sí, que vale, que es guapa, que es inteligente, que sacaría buenas notas si se pusiera a ello con interés. No sabemos qué hacer y ella, como se tiene en tan poca cosa, yo creo que se entrega a los demás como sea, buscando afecto desesperadamente, no sé si me entiende. Cualquiera que le diga algo bonito podrá hacer con ella lo que quiera...

Alicia levanta la vista de los papeles y parece preocupada y dolida.

–Sí, sí –dice.

¿Sí, sí?

–¿Le parece tan grave? –hace Tomás Fabregat, con la boca seca.

–Sí, y supongo que a ustedes también –dice la chica–. Si no, no habrían venido. –Y se vuelve hacia el joven corpulento para contrastar las conclusiones que ha sacado de los escritos–: El que escribe esto es un adulto, y no es inocente.

–¿Cómo lo sabe? –salta la madre, desafiante.

–Nosotros –se precipita el padre, irritándose porque a lo mejor este bestia no sabe de qué habla y ahora está haciendo una montaña de un grano de arena–, nosotros pensábamos que a lo mejor no es más que una gamberrada, un compañero del instituto que juega...

Los dos policías ya están negando con la cabeza.

–La manera de escribir. De vez en cuando pone una ka y una abreviatura, pero se le escapan acentos, y haches, que un chaval no pondría nunca, con este código que han inventado. Aparte de las frases que utiliza, y toda la estrategia de seducción. El libro *Diálogos de cortesanas* es muy erótico. *Harold y Maude* es una película en que una anciana se hace amante de un adolescente. Aquí tenemos a un adulto que está seduciendo a una niña, y lo hace muy conscientemente, y ella se le está entregando muy conscientemente.

–¿Y qué podemos hacer?

Dice Alicia, haciéndose cargo de la situación:

–Activaremos el tema esta misma tarde. Yo ahora hablaré con el fiscal. Manuel: habla con los compañeros de delitos informáticos porque quizá sea conveniente intervenir su ordenador.

–¿Y, si detienen a este pederasta...? –pregunta Tomás Fabregat con voz temblorosa–. Cuando lo atrapen, ¿qué le harán?

Manuel y Alicia se miran. Suspiran. No parecen muy optimistas.

–Mire –dice Alicia–: Si hay suerte, encontraremos en su casa una colección de fotografías pornográficas de abusos sexuales a niños, y muchas conexiones en el ordenador que nos permitirán desmantelar una red y lo empapelaremos y saldremos en los periódicos. Si no hay suerte, no encontraremos nada de todo eso y no creo que podamos hacer mucho más que pegarle un buen susto.

–Pero, esto que le está haciendo a Eva...

–Esto es hablar por hablar. Nada.

–A menos que... –inicia Teresa, con un tono belicoso que despierta la atención de los otros tres. Le da un codazo a su marido–: Dilo, anda, dilo, di lo que piensas.

–¿Qué pienso? –gime Tomás, desconcertado.

–No disimules –insiste ella, enojada por lo que el otro aún no ha dicho–. A menos que lo pillen con las manos en la masa, ¿no? Eso es lo que piensa mi marido. Que la niña sirva de cebo. Que permitamos que ese hombre la vea, se encuentre con ella, se la lleve a su casa, o a un hotel, o donde sea, le haga cualquier cosa y entonces caer sobre él con todas las de la ley. Eso es lo que está pensando mi marido. Si ocurriera eso, podríamos encarcelar a ese cabrón, ¿verdad?

Alicia arruga la boca y asiente con solemnidad.

–Pues francamente –dice–, sí, señora. Tiene toda la razón.

## 10

Mientras Eva busca refugio en la biblioteca, se va fijando en cada detalle de un entorno que a lo mejor ya no volverá a ver nunca más. Supermask le dijo, una vez, que madurar consiste en aprender a despedirse. Bueno, pues eso es lo que está haciendo ahora, cuando mira descaradamente a Elisenda y las Tiburonas, que conspiran como siempre, evitando mirarla directamente a los ojos. Hoy no sonríen como tienen por costumbre, no parecen felices ni traviesas, sino como trastornadas por alguna fechoría cuyas consecuencias temieran que se les volvieran en contra. A Eva le gustaría creer que están preocupadas por culpa de la gamberrada que hicieron ayer y que ella ha tenido que tragarse.

Como le gustaría creerlo, piensa en ello intensamente durante un buen rato, en la biblio, delante de un libro que ni lee ni podría entender. Eva sabe que debería leer, que tendría que estudiar, claro que lo sabe, sabe incluso que sería provechoso para ella y le gustaría poder hacerlo, ¿pero cómo se va a concentrar en fábulas ni lecciones una persona acorralada, que tiene que improvisar una fuga desesperada hacia la felicidad? Imposible. Le resulta mucho más sencillo y satisfactorio especular con la fantasía de que las Tiburonas lamentan mucho lo sucedido ayer, que hoy se estén diciendo que deberían reparar el daño de alguna manera y no saben cómo acercarse a ella y pedirle perdón.

Entonces, si lo hicieran, Eva las enviaría a la mierda y se quedaría tan a gusto. Le dirían «Porfa, Eva, perdónanos», y ella respondería «No». Y añadiría «sois unas cabronas asquerosas», y entonces podría huir de casa, del insti y del mundo bien contenta. ¿Bastaría con «cabronas asquerosas»? ¿«Cabronas asquerosas» concreta exactamente lo que piensa de ellas?

Al salir de la biblioteca, por el pasillo, se encuentra cara a cara con el Mediacaca, el director. Le hubiera gustado hacerse invisible, o ser lo bastante valiente como para dar media vuelta y alejarse corriendo o, mejor aún, para ignorarlo cuando ve que se dirige muy decidido hacia ella. Pero no es capaz de hacerlo y, de pronto, se encuentra con aquella manita pulcra posada sobre su hombro, y con aquellos ojos negros, duros y brillantes como minerales, clavados en los suyos. Hoy, le parece que todos la miran de una manera especial. Quizá sea cosa de ella, que querría que nadie la mirase porque está deseando dejar de verlos a todos.

El caso es que tiene encima al Mediacaca, su mano pesando sobre su hombro. Y el dire le dice:

–Quiero pedirte perdón por lo que te dije ayer. Me dejé llevar por los nervios. Debo decirte, para que lo sepas, que hay mucha gente en este instituto que te quiere, Eva. Que vela por ti, aunque no te lo creas. Hay gente que me ha venido a ver y me ha hecho reflexionar y darme cuenta de que fui injusto contigo. ¿Me perdonas? –Hace una pausa pero no muy larga porque la mirada de Eva debe de ser fulminante–. Te lo pido de todo corazón. Di. Me gustaría ayudarte pero no sé cómo hacerlo. Sabes que si cito a mi despacho a las chicas que te hacen la vida imposible todavía puede ser peor... –Eva lo mira de reojo, con desdén, como para transmitirle «No te canses, porque no me creo ni una palabra». Y él se rinde–: Bueno, no sé. Di: ¿me perdonas?

Bueno, a Eva no le cuesta nada perdonarle la vida. Mueve la cabeza, para decir que sí, que le perdona. Le da igual. Es como si ya no estuviera aquí y, de paso, se ha quitado la manita de encima del hombro. Venga, fuera, aire.

Más tarde, mucho más tarde, cuando ya es hora de volver a casa, y Supermask no ha telefoneado, Eva oye la voz de Ernesto al pie de la escalera. Ella está bajando y hay alguien que está diciendo:

–Tú no te ligaste a Elisenda, tío. Fue ella quien te ligó a ti.

Entonces reconoce la voz de Ernesto que replica:

–Que te digo que me la ligué yo, tío... –La reconoce y lo lamenta porque eso significa que la conoce, y detiene el paso, y se maldice el alma porque eso quiere decir que le importa lo que Ernesto pueda decir. Es su voz inconfundible, juguetona, voz de chistes, expectante de risas y amistad, que se expresa en voz baja, o no tan baja pero cómplice y furtiva–: Me la ligué y no fue tan difícil, tío. Con una tía como Elisenda sólo tienes que sabértelo montar. ¿Quieres que te diga cómo tienes que hacer?

Chulo de porquería. Eva se indigna. ¿Qué se habrá creído? Aprieta el paso, llega al pie de la escalera, ahora el grupo de Ernesto ya puede verla, quizá no la vean, pero da igual, quizá están demasiado concentrados en conversaciones machistas para fijarse en la chica más invisible del insti, el cero a la izquierda, que ahora se pierde entre el gentío que llena el vestíbulo, que ahora sale a la calle.

Nadie la llama, «Eh, Eva», nadie dice «Eh, tú», pero da igual porque ella tampoco habría hecho caso.

Ya tiene a Supermask.

Supermask que la llama al móvil justo antes de que entre en el metro. Suena el aparato, responde ansiosa y se siente arrebatada por la emoción cuando una voz desconocida le dice «¿Eva? Zoy Zupermazk».

## 11

A las tres de la tarde, la subinspectora Alicia Garvey ha llamado casa de los Fabregat para anunciar su visita y a las cuatro se presenta con Amadeu, un chico alto y barbudo que viene cargado con una cartera negra. Pertenece, según declara en cuanto entra, al Grupo de Delitos Informáticos.

–Los de Menores colaboramos con frecuencia con el Grupo de Delitos Informáticos –explica Alicia Garvey–, porque los pederastas utilizan mucho la red de Internet para captar a sus víctimas. Llegan a los muchachos a través de chats o de páginas de información sobre juegos. Ofrecen datos interesantes sobre juegos famosos, como *Los Sims* o *Vice City*. Cuando un chaval se pone en comunicación con ellos, inician el proceso de seducción. Si se tropiezan con un adulto, después de sondearlo, le pasan los datos del juego que le han prometido y se acabó. Si es un niño, continúan la prospección hasta llegar a la fase del «¿Por qué no nos vemos y...?».

–A los de Delitos Informáticos que se pasan el día navegando por Internet en busca de delitos y delincuentes les llamamos «cyberpatrol». En broma, claro.

Tomás se da cuenta ahora de que Alicia tiene tendencia a hacer comentarios así, como de risa, en momentos muy poco oportunos.

–Pasen.

El ordenador de la casa está en el estudio del señor Fabregat. El matrimonio acompaña a los policías hasta allí y, por el camino, se agarran de la mano y se miran, inquietos, temerosos de estar exagerando, con el deseo de estar exagerando. Al final, les gustaría que todo quedase en nada, en una recriminación de la policía por organizar tanto jaleo por una tontería.

El técnico en informática se ha sentado delante del ordenador y lo ha encendido.

–¿Tiene *password* de acceso? –pregunta.

–No.

Es evidente, porque ya han accedido a la pantalla del escritorio.

–¿Tiene instalado algún antivirus?

–Sí.

–Tendremos que desactivarlo.

–¿No querrá instalar un virus en el ordenador? –se alarma Tomás Fabregat.

–No. Le instalaré un programa de control remoto, que nos permitirá ver desde la Central todo lo que haga su hija en este ordenador; y un programa que monitorizará éste, o sea, que me permitirá rastrear cada comunicación que se establezca. En cuanto ese tío se conecte, sabremos quién es.

–¿Ah, sí?

Mientras habla, Amadeu va trabajando con el ordenador. Mete en él un cd, copia un programa.

–Sí. Cuando entre, veremos cuál es el IP de su ordenador, y ese IP, que es como el número de DNI de estas máquinas, tiene que estar conectado necesariamente a un número de teléfono. Buscaremos el nombre del usuario de ese número de teléfono y ya sabremos dónde ir a buscarlo y pedirle explicaciones.

–¿Puedo ver la habitación de Eva? –pregunta Alicia Garvey, dirigiéndose más a Teresa que a Tomás–. Amadeu aún tiene trabajo para rato...

Los Fabregat no se tragan que aquello sea meramente casual. Suponen que forma parte de alguna clase de astuta estrategia a la que recurren los policías en estos casos. Dispuestos a hacer cualquier cosa por el bien de su hija, acceden, claro, y Teresa sale del estudio con la sensación de que está haciendo algo muy importante, y Alicia la sigue y entran a la habitación de la niña, que está precisamente al otro lado del pasillo.

La cama está hecha de cualquier manera, con la colcha arrugada. Hay un par de zapatos tirados por el suelo, y unas braguitas sucias y arrugadas, y prendas de ropa apiladas sobre la única silla del decorado. Encima de la mesa de trabajo, un montón de libros, libretas y apuntes en desorden, junto a cajitas de tesoros, y bibelots, y muñecas y ositos de peluche, supervivientes de la todavía reciente infancia. En las paredes, pósteres de cantantes de rap, con las gorras de béisbol con la visera hacia el cogote, y actores de cine muy musculados.

En una estantería, destaca la fotografía enmarcada de una chica que sólo tiene trece años en los ojos y en la sonrisa tímida. El resto del cuerpo haría suponer unos buenos diecisiete.

–¿Es ella?

Teresa hace que sí con la cabeza, que es ella.

Entre los libros, Alicia elige una decena de folios encuadernados entre cartulinas negras donde, escrito a mano y con tinta blanca, se lee «Informática». Y, en el ángulo inferior derecho, el nombre de la alumna, «Eva Fabregat», y el curso, el nombre del instituto y la fecha.

Con aquella actitud tan suya de desinterés amodorrado tras las gafas, la policía abre las tapas del trabajo y se encuentra con la fotografía de una veintena de alumnos y el profesor en la clase de tecno. Evidentemente, se hicieron con una cámara digital, la cargaron al ordenador y experimentaron con ella. Alicia hojea un poco más y comprueba que la foto se repite con diferentes colores y texturas. Vuelve a la primera página y comprueba que el título del trabajo es «Paint Shop Pro».

Diez veces la misma foto.

Eva está en un extremo del grupo, ligeramente apartada. El único que la une al resto de alumnos es un hombre que parece hacer de puente. Le ha pasado el brazo por los hombros y se diría que con este gesto cariñoso la ha retenido cuando ella intentaba huir. Por un momento, Alicia ha pensado que este hombre era un alumno más. La presencia del profesor, inequívoco, al otro lado de la foto, vestido con traje y corbata, y el aspecto juvenil de este otro, ha creado un momentáneo equívoco. Pero en seguida se fija en los cabellos blancos y las arrugas y eso llama su atención. Pone el índice sobre él y se limita a mirar interrogativa a Teresa.

–Es un técnico de ordenadores que por lo visto se ha instalado en la clase de tecnología todo el curso para arreglarles los aparatos o no sé qué.

–¿Se ha instalado en la clase todo el curso? –se extraña Alicia.

–Bueno, no lo sé. Llegó a principio de curso, cuando Eva todavía nos contaba algo, y por lo visto aún no se ha ido.

Eva es la única de la foto que no está mirando a cámara. Pero tampoco mira al hombre de cabellos blancos que le pasa el brazo sobre los hombros.

Pero no, no es verdad: hay otro alumno que no mira a la cámara. Uno despeinado, con los cabellos de punta rígidos por el fijador. Éste tiene los ojos fijos en Eva, como si estuviera reclamando su atención. Alicia pone el dedo sobre ese chico.

–Ernesto –dice Teresa–. A principio de curso, a Eva le gustaba este chico. Pero ligó con la líder de la clase... –Y ahora es ella quien pone el dedo sobre Elisenda, siempre rodeada por las Tiburonas de sonrisas afiladas.– ...y pasó de Eva, y Eva pasó de él.

Alicia no hace ningún comentario. Pasea una mirada larga y lenta por el dormitorio, como si quisiera retener en la memoria una visión de conjunto, y regresan las dos al estudio donde Amadeu ya ha terminado su tarea y le está hablando a Tomás de una actividad incomprensible que consiste en algo así como *loguear*.

## 12

–¿Eva? Zoy Zupermazk.

–Te estaba esperando... Oye, aquello que dijimos...

–¿Que vendríaz a vivir conmigo?

–Sí. Que estoy dispuesta...

–¿Eztáz dizpuezta?

–Tengo que huir este mismo fin de semana. No aguanto más. Mañana mismo. ¿Qué te parece?

–No lo zé.

–¿Cómo que no lo sabes?

–No, no lo zé. Ez muy peligrozo.

–¿Qué quieres decir? ¿Que no quieres hacerlo? No puedo más, Supermask, no puedo más, ¿me oyes? Si no cuento contigo, ¿con quién voy a contar?

–Claro que puedez contar conmigo –se apresura a decir la voz, impaciente–. Lo que no zé ez si yo puedo contar contigo.

–¿Que no puedes contar conmigo? ¡Oh! ¿Pero qué dices? –Eva pega un puntapié al suelo–. ¿Cómo puedes decir...?

Una larga pausa durante la cual Eva pasea arriba y abajo por la acera, delante de la boca del metro, con movimientos convulsos, como si se estuviera haciendo pipí, con lágrimas en los ojos y, sobre todo, el pecho lleno de miedo, de angustia. Ahora que veía la luz al final del túnel, esa luz se apaga, le niega su ayuda.

–Claro que puedes contar conmigo –repite con un sollozo.

–Ezta noche, no me conectaré –dice Supermask–. Zólo para dejar que lo pienzez bien. Y mañana, a la zalida del inztituto, te ezpero en la plaza de Calatañazor. Ve allí con el equipaje, porque ya no volveráz a caza.

Eso ha sonado terrible.

–¿De acuerdo? –tiene que insistir, para sacar a Eva del estupor–. ¿De acuerdo?

–Sí, sí, sí, de acuerdo.

–Cuando vayaz al inztituto, por la mañana, lleva todo lo que necezitez en la mochila. No te preocupez, que yo ya te compraré lo que no puedaz llevar.

Eva está tan alterada que no puede parar de moverse, le parece que se ahoga, que en el mundo no hay aire suficiente para sus pulmones. Ahora, diría que se está poniendo enferma.

–Hazta mañana, Eva.

Es como una sentencia tenebrosa.

Se corta la comunicación.

## 13

La Eva Fabregat que llega a casa esta tarde es una chica enferma.

De lejos puede verse la inquietud que la horripila, el desasosiego, como si tuviera fiebre. Enferma de pánico después de su conversación con Supermask, con esa voz deformada de peli de terror. «Me conocez y, cuando zepaz quién zoy, no querráz venir conmigo», le dijo el primer día. Bueno, pues ya está a punto de conocerlo. Está temblorosa, no puede fijar la vista en nada concreto, parece que no respira bien, no se puede estar quieta.

Y, por si fuera poco, anuncia a sus padres que esta noche no se va a conectar al Messenger.

Entonces, si Eva pudiera prestar atención a lo que ocurre a su alrededor, en el mundo real, observaría que la reacción de sus padres a estas palabras es, como mínimo, exagerada. Han pegado un brinco y se exclaman como si su máxima ilusión fuese verla conectada a Internet las veinticuatro horas del día.

–¿Que no te conectas?

–¿Pero por qué?

–¿No te encuentras bien?

No se pueden quitar de la cabeza que, en las oficinas centrales de la policía autonómica, hay un cyberpatrol plantado ante una pantalla de ordenador, atento a las comunicaciones de la chica con sus corresponsales.

–Venga, mujer, conéctate y así te distraes un poco...

Quizá Eva tendría que haber sospechado de tanta insistencia pero ya hace tiempo que se ha acostumbrado a las rarezas de sus padres, que se comportan como locos de atar. Hagan lo que hagan, no está dispuesta a permitir que la sorprendan.

Cuando se encierra en su habitación (con un portazo, naturalmente), los señores Fabregat se quedan durante unos instantes mordiéndose las uñas y preguntándose qué extraña enfermedad mental o física se ha apoderado de su hija.

Un minuto después, ya están llamando al número de móvil que les ha dado Alicia Garvey.

–¿Sí?

–Somos los señores Fabregat...

Los dos un poco encogidos en el último rincón de la casa, lo más lejos posible de la habitación de la chica, susurrando el padre al teléfono, atenta la madre a los movimientos de la hija, no fuera caso que los sorprendiera en plena conspiración.

–¡Que Eva, hoy, no se quiere conectar!

–¿No se quiere conectar?

–No.

–¿Y eso?

–No nos lo ha dicho. Es que nunca nos dice nada.

–Y... –Ahora, Alicia parece que no sabe qué decir. Está pensando. ¿Se le han terminado los recursos?–. ¿... La han notado rara? ¿Cómo era su comportamiento?

–No lo sé. Sí que estaba rara. Pero es que siempre está rara. El hecho de que no se quiera conectar ya es rarísimo. Se ha encerrado en su habitación.

–Bueno... –La policía piensa en voz alta–: Eso puede querer decir que tiene otro medio de comunicación con Supermask... ¿Tiene móvil?

–Sí.

–El móvil –dice Alicia–. Tenemos que quitarle el móvil. Para obligarla a utilizar Internet, tenemos que quitarle el móvil.

Los señores Fabregat se miran asustados. Sólo de imaginarse el desastre de gritos y llantos que significaría la confiscación del teléfono móvil, se les pone la piel de gallina.

–No... No creo que podamos.

Al otro lado, Alicia Garvey se pone una mano en la frente y cierra los ojos para concentrarse mejor en sus pensamientos y encontrar una rápida solución.

–Bueno –acaba diciendo–. Déjenmelo a mí. Esta noche, convendría que vigilaran si habla por el móvil. No hace falta que escuchen lo que dice. Sólo si habla. Mañana por la mañana, me llaman y me lo dicen.

–De acuerdo.

Pero Eva, esta noche, no llamará a nadie.

Sin hacer ruido, está escondiendo los libros en un rincón del armario y, en la mochila, los substituye por un pequeño neceser y sus prendas de ropa preferidas. Y las cajitas de tesoros, y la bisutería, y la primera muñeca que tuvo, tan estropeada, porque no podría ir a ninguna parte sin su muñeca querida. No es mucho pero, aun así, el equipaje resulta excesivamente voluminoso y pesado. Mientras mete un resumen de su vida en aquel recipiente y, después, mientras cuenta su poco dinero (sesenta y tres euros con veintidós céntimos, entre lo que había en la hucha, restos de la propina de Navidad del abuelo y los diez euros que sus padres le obligan a llevar siempre encima para prevenir emergencias), mientras se empeña en hacerse a la idea de que quizá no volverá a ver a sus padres nunca más, Eva se sorprende porque no se le escapa ni una lágrima.

## 14

La Eva Fabregat que llega al instituto el viernes por la mañana es una chica diferente a la que salió ayer. Aquella inquietud, aquella fiebre, el desasosiego, el pánico que siguieron a la llamada de Supermask, más que los síntomas de una enfermedad, eran los síntomas de una mutación.

Anoche, cayó en el sueño como si resbalara por un tobogán, sin tener que hacer ningún esfuerzo, como si se sumergiera en un líquido negro, cálido y acogedor, un mar mágico del que ha salido esta mañana convertida en otra persona.

Una persona decidida, dura y fría, como la heroína de una película de Tarantino, que ha saltado de la cama sin pereza, que ha cargado la mochila como si no pesara en absoluto y que ha salido de casa para siempre diciendo simplemente «Adiós», sin mirar a sus padres a los ojos, no fuera a ser que las emociones la pillaran desprevenida, o le ataran los pies, o le arrugaran el corazón. No traga saliva porque le da miedo descubrir que tiene un nudo en la garganta.

Y así llega al instituto, firme, dispuesta a soportar con estoicismo la última clase de Natu, la última clase de Mates, la última clase de Crédito variable, la última clase de Educación física y la última clase de Tecno.

Pasa junto a Alicia Garvey, que está hablando con el Mediacaca, pero ella no sabe quién es, claro. Para Eva, aquélla sólo es una chica rubia y poca cosa, con cola de caballo y las gafitas, quizá la madre o la hermana de algún alumno, o una profesora nueva, qué más da.

Alicia ha mostrado disimuladamente su placa al director del centro, el señor Mediavilla. Se presenta:

–Subinspectora Alicia Garvey, de la Policía Autonómica, Grupo de Menores. Quiero hablar con usted a propósito de Eva Fabregat.

Al señor Mediavilla le cae el alma a los pies y se le hace añicos. Oh, Dios mío, ya le dijo su mujer, en casa, que tendría que vérselas con la policía por lo que le había dicho a la marginada del instituto. Hoy en día, los profesores no pueden hablar así a los alumnos, aunque sean directores del instituto y aunque los alumnos sean neuróticas impertinentes y maleducadas.

–¡No, oiga, perdone! Todo tiene una explicación. Todo esto es una confusión y ya pedí perdón...

Alicia parpadea, sorprendida.

–Por favor –le dice Mediavilla, abrumado por los remordimientos–, venga a mi despacho.

La arrastra al despacho y, una vez encerrados en él, los dos solos, empieza a hablar atropelladamente. Está muy pálido y se le ve dispuesto a ofrecer sus muñecas a las esposas, con ojos de llanto y boca de súplica.

–Yo no tenía intención de ofender a Eva Fabregat. En realidad, quiero mucho a esa niña. Es mi preferida de todo el instituto. Yo, yo, yo no sé qué hacer para conseguir que sea feliz. Sólo quiero su felicidad, no sé si me entiende.

Alicia tiene que hacer un esfuerzo por disimular. ¿Eso es la confesión de un pederasta?

–¿Y qué piensa hacer para que consiga ser feliz?

–Yo, yo, yo, lo que sea. ¡Haría cualquier cosa para que Eva fuera feliz! A veces, eso da lugar a situaciones que a las niñas no les gustan, claro...

–¿Cómo dice?

–Cosas desagradables para ellas, que ellas de momento no entienden, pero después...

–¿De qué tipo de cosas me está hablando?

–Pues reñirles, por ejemplo. Hacerles ver que lo que hacen no está bien hecho... Por eso, el otro día, me pasé un poco con ella...

–¿Se pasó un poco con ella?

–Sí, sí, lo confieso. Pero, créame, era por su bien, porque yo, por esa chica, haría lo que fuera, cualquier sacrificio, créame...

–¿Se la llevaría a su casa? –prueba Alicia.

El señor Mediavilla sólo duda un instante:

–¡Pues claro que me la llevaría a casa! ¡La adoptaría legalmente, si hiciera falta!

La expresión de Alicia es cada vez más severa.

–¿Y qué más haría, si hiciera falta, por la felicidad de esa niña?

–Pues... No lo sé... –Mediacaca pasea los ojos desesperados por el despacho, buscando la respuesta correcta. Tiene la sensación de que la policía le está pidiendo alguna cosa concreta pero no sabe qué–. Le haría regalos...

–¿Regalos?

–Sí, esa chica necesita mucho amor...

–Mucho amor.

–Sí: la mimaría, le daría todo el cariño del mundo...

–Todo el cariño del mundo...

–Abrazos...

–¿Abrazos?

–Y besos...

–¿Besos?

–Sí, sí, señora, muchos besos...

–¿Muchos besos?

Alicia formula la pregunta de una manera que enciende una luz de inteligencia en el rostro del director del centro y da un sentido nuevo a sus palabras. Ahora, se da cuenta de lo que ha estado diciendo, y se pone aún más pálido, a punto del desmayo, los ojos se le abren tanto que están a punto de caer al suelo y una especie de convulsión lo sacude de pies a cabeza.

–¡Eh, no, no, no! ¡No me malinterprete! ¡Quiero decir, eh, que estoy casado, que tengo hijas, no vaya a creer lo que no es! –Sin duda, nota el sudor que le congela la frente porque se lo limpia con la palma de sus pequeñas manos–. No, no, por favor, le ruego que me entienda bien. Yo no soy... Oh, no soy un... Yo no quiero adoptar a Eva Fabregat, era una manera de hablar, ya tengo dos hijas...

Alicia sonríe para tranquilizarlo. Es evidente que un pederasta no habría hablado nunca de forma tan inconsciente como lo ha hecho este pobre hombre.

–No se preocupe. De momento, para ayudar a Eva Fabregat, creo que bastará con quitarle el móvil.

El señor Mediavilla queda petrificado, como si hubiera chocado con una pared.

–Quitarle el móvil. No entiendo...

## 15

Le quitan el móvil durante la clase de Educación física.

Alguien entra impunemente en los vestuarios y saca el aparato del bolsillo lateral de la mochila. Se trata de una operación rápida, supervisada por el director del centro, el señor Mediavilla. Alicia Garvey ha encontrado el móvil en el primer bolsillo donde ha mirado. Si se hubiera visto obligada a registrar toda la mochila, habría descubierto que está llena de ropa, zapatos, una muñeca, objetos personales y un neceser, que no hay ningún libro, que esto no es la mochila de una estudiante sino el equipaje de alguien que se va de casa. Pero no ha tenido que mirar más, y se da por satisfecha con haber conseguido el móvil de la chica.

Alicia Garvey cree que tiene controlada la situación.

Prueba de que hoy Eva es una nueva persona, muy diferente a la de ayer, es su reacción al descubrir que ha desaparecido el móvil. Lo había desconectado antes de entrar en clase de gimnasia, previniendo que entrara la llamada de Supermask y a alguien se le ocurriera contestar, o sea que recuerda exactamente que lo llevaba consigo y dónde lo tenía, y ahora, cuando quiere conectarlo otra vez, se encuentra con que ya no está ahí.

Por un momento, es como si le hubieran dado un golpe en la cabeza, como si hubiera perdido el conocimiento por unos instantes y volviera a la vida completamente desconcertada. ¿Y ahora? ¿Qué puede hacer?

Ayer, seguramente Eva se habría echado a llorar y se habría hundido definitivamente. Ayer, habría corrido a esconderse, avergonzada y acobardada, y se habría callado, igual que calló cuando le birlaron el mp3. Era capaz de soportar cualquier cosa con tal de no organizar un escándalo, para no romper el precario equilibrio en que vivía. Pero hoy es una mujer fría e impaciente, es la Eva Mutante del IES y tiene fuerte el corazón y la leche cada vez peor y no está dispuesta a permitir que las cosas queden así.

De manera que, después de buscar y rebuscar por todas partes, sale de los vestuarios dando zancadas largas y enérgicas y se presenta en la sala de profesores sin llamar.

Allí están el director, corrigiendo exámenes en la mesa de reuniones; y Adelaida, la de Sociales, que va caminando hacia la máquina de café donde el Tolondro se está preparando un corto descafeinado; y el profe de Mates y el de Natu, y todos se vuelven hacia ella para mirarla con las cejas arqueadas.

–Me han robado el móvil –anuncia, exaltada–, y yo no sé ustedes pero yo sé perfectamente quién ha sido, y éste es un instituto de ladrones y me parece que ustedes tendrían que ser los encargados de procurar que la gente no ande robando móviles y mp3 y todo eso...

Se le acaba la cuerda. De pronto, se le ocurre que Mediacaca puede llamar a sus padres, y que a sus padres a lo mejor se les ocurre venir y le arruinan la fuga.

«Calla», dice una voz dentro de su cabeza. «Calla, no lo eches todo a rodar, ahora que estás tan cerca del Paraíso.»

Y ya da media vuelta y, como es la hora del recreo, corre a su refugio.

Mientras está encerrada en la biblioteca, donde siempre esquiva intromisiones, se da cuenta de que tiene la respiración alterada y el corazón le late con fuerza. No lo atribuye al miedo sino a la furia. Es entonces cuando se dice que no puede irse así, de manera cobarde y vergonzosa. Supermask le dijo una vez que, en la vida, al final sólo te arrepientes de lo que no has hecho, y Eva decide que, si no hace lo que tiene tantas ganas de hacer, deberá cargar durante el resto de su vida con una opinión demasiado lastimosa de sí misma. Y no se lo perdonaría nunca.

De manera que sale de la biblioteca muy decidida, como un galgo en día de caza, buscando a diestro y siniestro, por pasillos y escaleras, en el vestíbulo y en los lavabos, y en las aulas, con ansia vengadora.

No encuentra a Elisenda y las Tiburonas hasta la hora de clase de Tecno, la última del día. Como no quiere escándalos antes de tiempo, se espera hasta el final. De momento, es la Eva de siempre, abstraída y melancólica, a quien ya no vale la pena preguntar nada porque seguro que no conoce la respuesta correcta. El Tolondro les explica que hoy terminarán de diseñar la página web y Chesco está por allí, aumentando la memoria de los ordenadores o alguna cosa por el estilo.

Hasta que llega el final de la última clase de Tecno de toda su vida y, entonces, Eva deja la mochila cerca de la puerta y se va al fondo de la clase, donde están Elisenda y las Tiburonas cotilleando y soltando risitas burlonas y estúpidas.

«¿Qué pueden hacerme?», se va diciendo entre dientes, sulfurada. «¿Me van a pegar?»

No recuerda haber visto que las Tiburonas pegaran nunca a nadie, y eso la reafirma en sus intenciones. La maldad de las Tiburonas está en lo que dirán de ti, lo que murmurarán, las mentiras que puedan divulgar, las situaciones ridículas o humillantes en qué te pueden meter, y eso, dentro de pocos minutos, a Eva ya no la podrá afectar de ninguna de las maneras.

Es ahora cuando se hace patente que el malestar de anoche no era una enfermedad sino una mutación. La Eva de ayer nunca habría podido hacer algo así.

–¡Eh, tú, Elisenda! –grita–. ¡Sé perfectamente que has sido tú la que me ha robado el móvil! ¿Me oyes? ¡Pues mírame, que tengo que decirte un par de cosas!

Plantada en medio del aula, descarada y feroz. Todos se vuelven hacia ella, salvo las Tiburonas que se miran y se ríen, «ya está esa loca haciendo el número», apenas una ojeada furtiva, «el lunes la destrozaremos, se arrepentirá mil veces de estos gritos».

–Ah, ¿no me oís? Pues, si no me oyes, Elisenda, no te importará que te diga lo que pienso de ti, ¿verdad, media mierda?

Lo que sigue es una retahíla de insultos como nunca se ha oído en esta aula, como una vomitona de improperios dolorosos como dardos, palabras gruesas que hacen que sus destinatarias se tambaleen como si fueran puñetazos. Y Elisenda y las Tiburonas se van poniendo coloradas, coloradas, coloradas, hasta llegar al tono pálido blancuzco del hierro al rojo. Y la catarata de ofensas no dolería tanto si Eva la soltara gritando y enloquecida, en pleno ataque de histeria. Pero lo está haciendo con una serenidad escalofriante, tan entera que parece que cada palabra, cada concepto, cada insulto son verdades irrefutables, dogmas compartidos por todos. Y, para que eso quede claro, sólo faltaban las risas, primero contenidas y después estallantes, de los compañeros presentes. Una carcajada que equivale a un grito unánime: «¡Sí, Eva Fabregat tiene razón, todos pensamos lo mismo de vosotras, y nos produce un intenso placer que Eva se haya decidido a escupíroslo a la cara!».

La carcajada es tan terrible como el grito de euforia del público cuando el equipo local marca el quinto gol en un mismo partido. Esto ya no hay quien lo soporte. Coloradas como fresas salvajes, o blancas como un buche de mala leche, moviendo sus boquitas como peces fuera del agua pero incapaces de pronunciar ni una palabra, Elisenda y las Tiburonas se baten en retirada, escurridas, corriendo a pasitos cortos y sin mirar atrás. Y los aplausos, los silbidos, los gritos y las risas las persiguen sin piedad hasta el agujero que hayan elegido para esconderse.

A continuación, el centro de atención es Eva. Por una vez, deja de ser invisible y los ojos que la contemplan dicen que les gusta lo que ven.

Pero ahora ya es tarde para reparar las antiguas ofensas.

Eva expulsa aire por la nariz, descargando tensión con el soplido, vuelve hacia la parte delantera del aula, agarra la mochila y, sin mirar al profesor que está cerca de la puerta sin saber cómo reaccionar, sale al pasillo. Está a punto de chocar con Adelaida, la de Sociales, que cualquiera diría que estaba escuchando detrás de la puerta, y echa a correr sin disculparse ni nada, y baja la escalera, cruza el vestíbulo y ya está en la calle.

No quiere mirar atrás. No mira atrás. No ve que aquella mujer rubia, de ojos azules y gafas de miope, sale en su persecución. La emoción la ciega y la ahoga mientras se dirige a la plaza de Calatañazor, donde Supermask la está esperando.

Entonces, Ernesto se materializa a su lado.

–¡Hola!

Y Eva se da cuenta de que, durante todo el día, lo ha visto mariposeando a su alrededor, sin duda con ánimo de abordarla, y que ella ha evitado el encuentro. Cuando él aparecía por una puerta, ella se escabullía por otra; si lo veía al fondo de un pasillo, daba media vuelta; en el comedor se ha sentado a una mesa donde no cabía nadie más; y en las clases no se puede hablar. Pero ahora no puede esquivarlo.

–¡Has estado muy bien, Eva! –la felicita, admirado.

Pensándolo bien, quizá ha sido él quien ha empezado a aplaudir, en el aula.

–Ya sé que no quieres hablar conmigo –continúa diciendo el chico– pero, por favor, escúchame. No hace falta que digas nada. Tú sólo escúchame. –Ella no dice nada, ni lo mira. Sólo continúa andando. Pero ésta también es una manera de escuchar. Y no puede impedir que otro ciudadano camine a su lado, al mismo paso y a la misma velocidad–. ¿Puedo acompañarte?

Eva, quién sabe por qué, no le dice que no. «Que haga lo que quiera», piensa.

O a lo mejor es que hay una parte de su cerebro, despavorida bajo la capa de seguridad y dureza, que clama: «¡Sí, sí, que venga, acompáñame, por favor!».

Pero Ernesto no puede oír este grito. Ni siquiera se imagina que ese grito sea posible.

## 16

Es la Pasmada de las Gafitas quien encuentra aquellos papeles en el suelo. Son pequeños y están doblados y planchados, como si se hubieran caído de un bolsillo o del interior de un billetero. Nueve tiques de caja del restaurante de los grandes almacenes TNorton de la zona Franca expedidos unos cuantos días seguidos de las semanas anteriores, entre las 6:45 y las 8:03 de la tarde. Dentro del pliegue de los nueve tiques hay la tarjeta de una empresa de informática llamada Infohouse, al dorso de la cual alguien ha escrito a mano una serie de operaciones aritméticas, como un presupuesto de diferentes piezas de un equipo informático. Y un billete de veinte euros muy arrugado, cuya existencia seguro que ha sido olvidada hace tiempo por su propietario.

La Pasmada de las Gafitas se dirige a Chesco y le da los papeles doblados.

–Mira –le dice–. Se te ha caído esto.

La tarjeta de la tienda de informática le ha hecho pensar que el propietario sólo podía ser el técnico informático.

Chesco, después de echarles una ojeada, se los mete distraídamente en el bolsillo de la cazadora.

# 17

Eva camina de prisa, de prisa, con un objetivo muy preciso. Y Ernesto corre a su lado, mirándole el perfil, atento a sus reacciones y sin dejar de hablar. Es un moscardón insoportable.

–Escucha, Eva. Tú no me conoces, tú no sabes cómo soy, y tengo que contártelo ahora, antes de que sea demasiado tarde. Sé que ayer me oíste cuando hablaba con Bergadá y Camaño, cuando decía todo aquello de Elisenda...

Llegan a la plaza Calatañazor, que tiene una isla en el centro con una fuente con un surtidor muy alto y una escultura. Cruzan hacia esa isla central cuando el semáforo acaba de cambiar a rojo, y eso les obliga a correr.

Junto a la fuente, Eva mira hacia todas partes, ansiosa, sin duda porque ha venido a encontrarse con alguien.

Alicia la observa desde la acera de enfrente, escondida detrás de un árbol y de unas gafas de sol, cerca de un McDonald's.

–... Que me había ligado a Elisenda y todo eso –continúa Ernesto como un rumor de fondo–. Bueno, ya lo sé, me la ligué a principio de curso, sí, ya lo sé, me la ligué o me ligó ella, da igual, pero yo iba a por ti, ¿sabes que yo iba a por ti?

Quien sepa leer en los ojos, verá que en los de Eva hay una pregunta ansiosa: «¿Dónde está? ¿Dónde está?».

Y Ernesto:

–... Tú me gustas mucho, Eva, sí, sí, no me mires así, eres muy guapa, eres la más auténtica de la clase, la que tiene más personalidad. Y no lo creo yo: lo creen todos los tíos del insti. Lo que pasa es que vas siempre tan seria, tan ensimismada...

El Nissan de Supermask llega por detrás de Eva. Se detiene en doble fila, estorbando al tráfico. La presencia de Ernesto es un imprevisto. ¿Qué hace ahí ese crío?

Habla. Ernesto habla y habla:

–... Que no hablas nunca con nadie, que das hasta un poco de miedo, digamos respeto, y los tíos, claro, no se atreven...

A estas alturas del discurso, Eva se anima a replicar, enojada y muy nerviosa:

–¡No me dirigen la palabra porque soy la Chica Sin, porque todos hacen lo que dice Elisenda!

Consulta el reloj. «¿Qué hora es? Bueno, Supermask no dijo hora. Dijo "A la salida del instituto".» Eva vuelve a consultar el reloj porque no recuerda qué hora ha visto. Y, si ahora le preguntaran qué hora es, tampoco sabría qué decir.

–¡No, no, no! –protesta Ernesto–. Lo que pasa es que ya les va bien que seas la Chica Sin porque, así, pueden decir que, si no te hablan, es porque tienes la maldición. Si no fuera por eso, tendrían que reconocer que no te hablan porque no se atreven, porque les das miedo, y entonces pasarían por cobardes...

El guardia municipal ha divisado el Nissan y se dirige hacia él muy decidido a multarlo. Antes de que llegue, el coche arranca, rodea la isla del centro de la plaza y se ve obligado a emprender una calle que lo aleja y que no permitirá que vuelva al punto de partida hasta un par de travesías más allá.

–Te lo digo porque a mí me ocurrió –continúa Ernesto–. Yo iba a por ti, y me parece que tú lo sabes, pero entonces llegó Elisenda a por mí. ¿Sabes por qué vino a por mí? Porque se veía mucho que yo iba por ti y no lo podía soportar. Y, bueno, Elisenda está muy buena...

Pasan coches y coches y coches, y peatones y peatones, hay chicos que salen del cole, y señoras que empujan cochecitos de bebés y un guardia municipal, y tres hombres de negocios con traje y corbata que ya han terminado la jornada laboral y corren hacia el fin de semana de relax que les espera. Y Ernesto que no calla:

–... y todos sueñan con Elisenda, de manera que me dejé enrollar, qué quieres que te diga. Después, es una mierda, esa niña, no sabe hablar de nada, sólo piensa en sí misma, es una engreída insoportable. Y la dejé. Sí, sí, la dejé yo. Y ahora, Eva, ahora, fíjate bien...

¿Quién será Supermask? ¿Ese pintor que se acerca, con la ropa y la cara manchadas de pintura? ¿O ese viejecito que necesita bastón para caminar? ¿O el negro alto y fuerte? ¿Quizá por eso decía que ella no lo aceptaría? Pasa de largo el pintor, pasa de largo el negrazo, y el viejecito, mucho más despacio, no viene en esta dirección. ¿Quién será Supermask?

–Oye, Eva... –Ernesto le pone la mano en el brazo reclamando su atención. Cuidado, que está a punto de soltar algo gordo–. Mírame. Ahora, estoy diciendo a todos que es muy fácil ligar con Elisenda. Lo hago para que todos se atrevan a ir a por ella. Si creen que es fácil, su prestigio se devaluará. Si los chicos creen que cualquiera puede ligar con ella, perderá interés para todos, ¿lo entiendes?

Eva le dedica una ojeada, como si lo que oye le despertara un poco, sólo un poco, de interés.

El Nissan ha desembocado de nuevo en la plaza. De lejos, se ve que Ernesto continúa junto a Eva. Mierda.

Supermask golpea el volante con las manos.

–A la mierda.

El Nissan se aleja de la plaza de Calatañazor.

Y Eva va mirando a derecha y a izquierda, hacia la calle de enfrente y hacia atrás, hacia el árbol que esconde a Alicia Garvey y hacia el otro lado de la fuente del gran surtidor.

–... Y, Eva –dice Ernesto–, ¿sabes qué quiero pedirte? Que el lunes vayas al insti vestida muy *sexy*...

Ahora Eva casi pega un salto. «¿*Sexy*? ¿Qué te has creído? ¿De qué vas?»

–¡... Sí, sí, sí! –insiste el chico–. Vas vestida muy *sexy* y, en cuanto entres en el instituto, me acerco y te pego un buen morreo!

A Eva se le escapa la risa, sin querer. ¿Pero qué está diciendo Ernesto? ¿Se ha vuelto loco?

–¡Tú hazme caso, en serio! No quiero ligar. Sólo quiero acabar con el dominio de Elisenda y las Tiburonas. Te juro que, si lo hacemos, dejarás de ser la Chica Sin. Yo me ofrezco para romper el tabú, ¿me entiendes?

Eva se incomoda y huye, porque es una campeona en fugas. Vuelve a mirar el reloj y, por primera vez, se pregunta qué pasará si Supermask no viene. Entonces, levanta la vista y se le ocurre (¿cómo no se le ha ocurrido antes?) que a lo mejor Supermask no se acercará si Ernesto sigue aquí, estorbando.

–¿Quieres largarte? –le endiña por sorpresa, a gritos–. ¿Quieres largarte de una vez?

Ernesto se queda de piedra. Diría algo más pero la Eva Mutante saca fuerzas de flaqueza y lo empuja:

–¡Fuera de aquí! ¡Deja ya de decir chorradas y déjame en paz!

Él suspira, se rinde. Nunca pensó que fuera una victoria fácil. Si continúa hablando, hará el ridículo.

Da media vuelta y se aleja cruzando por el paso de peatones. Pasa junto a Alicia sin reconocerla y se pierde entre los ciudadanos que celebran la llegada del fin de semana.

Eva vuelve a mirar el reloj y empieza a moverse compulsivamente, contra su voluntad.

«¡Ostras, ostras, ostras, Supermask, no me dejes, Supermask!»

# 18

Eva, que pensaba que ya nunca más volvería a ver a sus padres, regresa a su casa, un poco más tarde que de costumbre, pero no tanto como para que sus viejos se estén subiendo por las paredes.

Le ha recibido su madre, almibarada:

–Hola, bonita. ¿Cómo te ha ido el día de hoy?

Falsa, porque es tan falsa su sonrisa como la aparente despreocupación, y no sabe disimularlo, pobre mujer. Esa sonrisa trémula desmentida por unos ojos asustados. Un tonillo en la voz que resulta ridículo, una vez desenmascarado.

–Hola, bonita.

La niña bonita responde con un gruñido, o no responde, y se va directamente a la cocina primero, para agenciarse cualquier cosa de merienda, y a su habitación después, para encerrarse en ella y respirar a gusto. Otra vez en este escondite familiar donde no tenía que regresar nunca más. Le parece que cada uno de los objetos la mira con odio, recriminándole el abandono, la traición. Las muñecas y los libros y la pantalla de la lámpara y los actores musculados de los pósters, todos se muestran rencorosos e incómodos. Y Eva no sabe cómo disculparse.

Teme que sus padres se huelan algo de la fuga. Resulta sospechoso que su madre no se haya quejado porque coma cualquier cosa ahora que están a punto de cenar. Normalmente, le habría dicho «¡Que luego no vas a tener hambre!». ¿A qué viene tanta permisividad?

Alicia ahora está llamando a Amadeu y lo sorprende plantado delante de una página porno. Éste es el trabajo del cyberpatrol: todo el día buscando delitos por la zona más oscura de la red. Porno, pederastia, apología del fascismo o del terrorismo. Una vez, Amadeu tuvo que desenmascarar a un *hacker* que había reventado la página web del Barça y había colado en ella un escandaloso letrero negro sobre blanco: «¡Viva el Real Madrid!».

Hoy, la llamada de Alicia es una bendición que lo salva de la monotonía y el aburrimiento.

–¿Sí?

–Soy Alicia. Eva ha ido a una cita, pero la han plantado. Si era Supermask, como me temo, debe de estar desesperada. No tiene móvil, de manera que supongo que, en cuanto pueda, contactará con él a través del Messenger. Estate atento.

–Estaré atento –dice Amadeu.

Eva, en su habitación, vuelve a estar enferma de miedo, de inquietud, de angustia, de llanto seco, porque se ve que el fenómeno de la Eva Mutante era meramente transitorio.

Sale de su reducto con precauciones inconscientes, sin hacer ruido para no llamar la atención de sus padres, y se mete en el estudio como van los yonquis hacia las jeringas.

Su padre está en la sala, leyendo el periódico o mirando la tele. Ella piensa que no ha ido a saludarlo, y eso crea el peligro de que sea él quien tome la iniciativa y se presente en el estudio a saludarla. «Hola, Eva, qué, con el Messenger como siempre, ¿eh?»

El estudio de su padre también es territorio enemigo. No hay suficiente intimidad como para sentirse a gusto. En cualquier momento, los viejos pueden irrumpir sin llamar para reclamarle que se dedique a estudiar, o que no esté tantas horas con el Messenger, o que no hable con según quién. A veces, ha pensado que esta sensación de riesgo aumenta el placer de comunicarse con los amigos. Una vez, vio una película de espías en que el protagonista tenía un radiotransmisor escondido en casa y, por las noches, enviaba mensajes en clave a los suyos, transmitiendo una información de vital importancia. Le iba la vida en ello porque existía el peligro de que, de un momento al otro, irrumpieran los soldados enemigos enfurecidos, con cascos y ametralladoras, y lo atraparan, como realmente sucedía al final del film. Eva se siente muy identificada con aquel héroe, espía y mártir.

Se conecta.

Son las 19:45.

Ha abandonado la plaza de Calatañazor después de esperar una hora, cuando ya se le ha hecho evidente que Supermask no acudiría a la cita y antes de que se pasara la hora en que él acostumbra a estar conectado. Nunca se conecta más tarde de las nueve.

Ahora, le aparecen las pantallas del Comerroscos y del Nena km mgustas piernicortapiernilarga.

Amigos.

Dice Comerroscos: Ola

Dice Nos: Ola

Dice Nena km mgustas piernicortapiernilarga: Km stas¿?

Dice Nos: Mal. Abandonada

Dice Comerroscos: K pasa¿?

De pronto, la tan esperada de Supermask:

Dice Supermask: Eva.

Ella tiene una especie de ataque de corazón, susto de película, taquicardia y migraña. Uf. A eso, Eva lo llama amor apasionado.

Dice Nos: Donde estabas¿?

Dice Nos: Mas fallao

Amadeu se inclina hacia la pantalla con una sonrisa salvaje.

–Bien –dice, apretando los dientes–. Ya eres nuestro.

## 19

Supermask también tiene el miedo en el cuerpo.

Ha estado tan a punto de alcanzar su objetivo que, cuando ha tenido que renunciar a él, se le ha subido la sangre a la cabeza.

Sabe a qué se expone. Si creyera en supersticiones, quizás ahora vería un presagio nefasto en este fracaso y abandonaría. Pero no puede, no puede, es más fuerte que él. Se llevará a la chica, ahora ya no puede echarse atrás, no podría soportarlo. Bueno, de acuerdo, se la llevará pero y, después, ¿qué?

No puede permitir que este capricho cambie su vida de arriba abajo. Tiene sus obligaciones, su familia, su trabajo, su vida cotidiana... Entonces, ¿qué? ¿Qué hará de la chica, cuando ya la tenga en el bote?

No, no, no quiere pensar en el futuro. Es como el cazador, que caza, que caza, caza, pero no piensa cómo cocinará a sus presas. Quizá ni siquiera se las coma. Quién sabe. De momento, el placer está en la caza.

La llevará a su casa de Canet, eso seguro. Eso es todo lo que sabe. Entonces, la hará feliz, y ella le hará feliz a él. Este pensamiento es tan grande y tan luminoso que impide la existencia de ningún otro. ¿Qué pasará después? No quiere pensarlo. No podrá retenerla para siempre jamás, eso es evidente, pero da igual, da igual, ya improvisaré. Después, no podrá soltarla, porque ella podría contarlo todo a todo el mundo, y eso sería una catástrofe. Le hundiría la vida. Pero da igual, da igual, ya improvisará cuando llegue el momento. No será la primera vez.

*No será la primera vez.*

Estos pensamientos le angustian, le provocan un desasosiego insoportable, y por eso se los quita de encima centrándose en su máxima ilusión, lo que hará, lo que podrá hacer, la consecución de sus deseos.

Cuando llega este anhelo, Supermask no se puede resistir.

Por ello, tiene que procurar que no queden rastros sospechosos tras la fuga. Que, hasta aquel momento, Eva continúe con su vida normal y corriente, que cualquier comentario que pueda hacer a sus padres o amigos sea inocente y no despierte la menor sospecha.

En eso tiene que concentrarse Supermask. Todo tiene que ser normal. Tiene que prevenir que los padres de Eva puedan asomarse por encima de su hombro y leer la pantalla en el momento menos oportuno. No hablemos de fugas. No hablemos de planes secretos. Cortemos cualquier intento de la chica para hacer la menor alusión.

«Eva», escribe.

Dice Nos: Donde estabas¿?

Y, en seguida, mientras Supermask redacta la respuesta:

Dice Nos: Mas fallao.

Dice Supermask: Hoy he estado pensando en ti. En lo que me has estado contando estos días.

Científicamente calculado: «hoy he estado pensando en ti» neutraliza cualquier intento de «hace un momento que teníamos que encontrarnos». Tiene que impedir que la chica hable de más. Tiene que invitarla a leer entre líneas. Eva es inteligente: lo entenderá.

Dice Supermask: Me gusta ser tu confidente, que recibe tus confidencias, tu secretario, que guarda tus secretos. Me gusta pensar que lo que hablas conmigo no lo hablas con nadie más.

¿Lo entenderá?

Dice Supermask: Me horroriza la posibilidad de que tu padre pueda entrar en tu habitación y pueda leer por encima de tu hombro lo que me estás diciendo.

El troyano infiltrado en el ordenador de Eva reproduce la conversación con Supermask en el ordenador de la central de la calle Bolivia.

Inmediatamente, Amadeu llega al IP del emisario. Un número. Este número está conectado indefectiblemente a un número de teléfono.

Dice Supermask: Me gusta pensar que esta comunicación es secreta, íntima, exclusivamente nuestra, como la de un confesor y quien se confiesa, entiendes?

Eva estaba escribiendo alguna respuesta pero la borra. Sí, lo entiende. Escribe a continuación:

Dice Nos: L k pasa entre t y y no l sb, ni l a sabd ni l sabra nunka nadie.

Bien.

La compañía Telefónica ya está avisada, existe una orden judicial, de manera que no hay problemas para llegar hasta el propietario de este número de teléfono y su dirección.

Dice Supermask: Hoy es un día normal, nadie sabe lo que pasará mañana, ni tú ni yo ni nadie. Mañana será otro día. Como cada sábado, me comunicaré contigo a las doce. Y entonces hablaremos de lo que pasará mañana. No hay que hablar de eso hoy, ¿entiendes? Hoy vivimos el hoy, con tus padres y la tele y la familia y todo eso. Mañana será otro día.

Dice Nos: T conectaras a las 12¿?

Dius Supermask: Como cada sábado. Hasta entonces, ve pensando en lo que te he dicho.

Dice Nos: No m kito del cabolo l k mas dixo

Dice Supermask: Hasta mañana, pues. Dw

Y añade con mayúsculas:

Dice Supermask: HASTA MAÑANA

El número del usuario de Telefónica corresponde a una persona de apellido Codina, domiciliada en el número 27 de la calle de Escalante.

Amadeu llama a Alicia:

–Ya lo tenemos, Alicia.

## 20

Ernesto hoy tarda un poco más en conectarse, primero porque ha estado montando guardia con Eva en la plaza de Calatañazor esperando no se sabe a quién, segundo porque vive más lejos que Eva y tercero porque, al llegar a su casa, después de los rituales de saludos e informes acerca de cómo ha ido el cole y qué ha hecho y qué ha pasado, se ha puesto a redactar un poema que se le ha ocurrido por el camino. Es un poco más atrevido que los anteriores porque, después de una introducción muy lírica y delicada donde habla de la luna llena y del olor de tierra mojada, acaba rimando observación con penetración y corazón con cojón.

A las diez menos cuarto, su madre está untando el pan con tomate que todos los viernes comen en la sala, con unos cuantos embutidos, mientras una peli alquilada. Su padre está poniendo la mesa y rezonga porque el niño no ayuda. Entonces, llaman a la puerta.

No suena el portero automático, sino la puerta del piso, de manera que hay que pensar que se trata de un vecino. Alguien que necesita un poco de aceite o de sal. En el peor de los casos, alguien que tiene una emergencia. Una fuga de agua. O a lo mejor necesiten una aspirina, o una ambulancia. ¿Quién será?

El padre va a abrir la puerta con la prevención de quien siente violada su intimidad de zapatillas y rutina familiar.

Abre y se encuentra con tres personas desconocidas. No son vecinos. Una chica menuda y rubia, con los cabellos recogidos en cola de caballo y ojos azules agazapados detrás de unas gafas de miope; y un joven de barba negra, camisa a cuadros y vaqueros; y un mosso d'esquadra inconfundible, con su uniforme. Los tres muy estirados y serios.

–¿Señor Codina? –dice la chica, que parece que es la que manda. Se identifica mostrando una placa y un carnet profesional, como en las películas–. Subinspectora Alicia Garvey, de la Fiscalía de Menores. ¿Podemos entrar?

El señor Codina no dice que sí. Ni siquiera se aparta de la puerta. Tiene que defender su casa y su familia de cualquier peligro y ahora le parece que se trata de un peligro terrible. Dice:

–¿Por qué? ¿Qué pasa?

–Tenemos una orden judicial... –empieza a decir la mujer, al mismo tiempo que le muestra un papel que, naturalmente, el señor Codina no piensa leer.

–¿Pero por qué? ¿Qué...? –la interrumpe.

Lo piensa mejor. Más vale no armar jaleo en el rellano de la escalera. Les invita a entrar con gesto impaciente, y entran, y la señora Codina se hace oír desde la cocina:

–¿Quién es, Ramón?

–Tendremos que echar una ojeada a su ordenador. –Continúa la mujer de los ojos azules. Es una orden. Y, dando por supuesto que será obedecida, suelta la pregunta siguiente–: ¿Conoce a una chica que se llama Eva Fabregat?

El dueño de la casa niega con la cabeza, visiblemente azorado, y ya inicia el gesto de avanzar hacia el interior del piso, pero se resiste:

–¿Puedo saber por qué...?

–Eva Fabregat es una menor y pensamos que, desde el ordenador de esta casa, la están asediando.

Al señor Codina se le cae la mandíbula. Ahora lo entiende todo. Insiste en que lo sigan. Van hacia la habitación de Ernesto. Enfurecido, el padre no puede reprimir el grito:

–¡Ernesto!

Cuando avanzan por el pasillo, sale la señora Codina de la cocina. Está haciendo un esfuerzo por sonreír, pero no puede.

–Hola, ¿qué pasa?

Ve el uniforme del policía. Piensa «Dios mío, ¿qué ha hecho el niño?» y sigue al grupo limpiándose las manos con un paño.

–¿Pero qué pasa? ¿Podéis decirme qué pasa?

–No te preocupes –dice el señor Codina–. No pasa nada.

Llega la comitiva a la habitación.

–¿Conoces a una chica que se llama Eva Fabregat?

El chico, que está buscando una palabra que rime con vulva, después de hacer rimar harina con vagina, levanta la cabeza sorprendido. Ve a mucha gente en la puerta de su habitación y se pone colorado al tiempo que oculta con manos y antebrazos lo que está escribiendo. Tarda en contestar, de manera que su padre, hecho una furia, debe insistir:

–¿Conoces a una chica que se llama Eva Fabregat?

El chico afirma antes con la cabeza que con los labios:

–Sí.

–¿Y te comunicas con ella por ordenador?

–Sí.

–¿¿Y qué?? –estalla su padre.

Ernesto, cada vez más ruborizado, no puede olvidar los poemas que tiene bajo sus dedos, esos que empiezan muy románticos y acaban muy guarros. No le salen las palabras.

Dice el policía de la barba negra:

–Tendremos que precintar y llevarnos el ordenador.

El padre reprime los gritos que necesita volcar sobre su hijo y, tartamudeando y temblando, se vuelve hacia las fuerzas de la ley:

–Pero, esperen, no puede ser tan grave, son cosas de chicos...

–No estamos buscando a un chico, señor Codina –dice Alicia clavando en el hombre sus ojos tan claros y tan duros–. Buscamos a un adulto.

Mientras el policía de la barba y la camisa a cuadros se sienta delante del ordenador, el señor Codina se queda en pausa durante tres segundos. Reacciona parpadeando, dirigiendo una ojeada hacia su esposa con una muy auténtica cara de alelado.

–¿Qué quiere decir? –consigue arrancar por fin. Aunque no hace falta que se lo aclaren–. Eh, que yo no conozco a esa Eva, que yo no sé cómo funciona eso de Internet... ¿Qué quiere decir?

Ahora, Alicia debería decir «Tendrá que acompañarnos», pero su mirada se ha perdido, navegando por la atmósfera de la habitación, de la casa, la atmósfera que crea este hombre aparentemente sincero. Quien la conozca, sabrá distinguir el desconcierto en su rostro. Una habitación eminentemente infantil, de estudiante que todavía juega sin malicia. Y el ordenador está aquí, y no en un rincón secreto para uso exclusivo de su padre. La policía ha conocido a unos cuantos pederastas, ha detenido a más de uno, y ha hablado con hijos de pederastas, y con esposas de pederastas, y ha visto casas donde viven pederastas, y ahora sólo puede decir que hay algo que no cuadra.

–¿Qué pasa, Ramón? –dice su esposa, muy angustiada, mientras se abre paso entre los policías.

Ramón no sabe lo que pasa, pero si allí hay un culpable, para él sólo puede ser Ernesto. De manera que se vuelve hacia Ernesto y libera los nervios:

–¿Se puede saber qué le dices, a esa Eva?

En seguida se fija en los brazos y las manos abiertas que ocultan poemas desparramados sobre la mesa.

–Le, le, le escribo poesías –gime el chico.

–¿Pero qué ha hecho? –protesta su madre–. ¡Que alguien me explique qué ha hecho!

–¿Qué clase de poesías?

Es evidente que han atrapado al chico in fraganti porque sus manos se crispan sobre los folios, y empiezan a arrugarlos como con intención de hacerlos desaparecer. De un momento a otro, quizá haga una bola con ellos y se los coma.

–¿Qué clase de poesías? –aúlla su padre, y arrebata los papeles arrugados de las manos resistentes de su hijo. Se rompen algunos, pero no tanto como para que los ojos paternos no puedan comprender su contenido.

Ahora, es Alicia quien se pone colorada. Ella ya sabe qué clase de poesía se contiene allí.

–No es eso –está diciendo–. No es eso.

El padre casi pega un brinco.

–«Veo de lejos, perezoso y garrulo, / la doble luna de tu culo». ¿Esto se considera acoso sexual??

Su esposa exclama:

–¿Acoso sexual?

–No es eso –repite la policía.

En sus ojos azules brilla la inseguridad. Se ha equivocado, se ha equivocado.

–¡Son cosas de críos, joder! –continúa el padre–. ¿Qué quieren decir con eso de acoso sexual? ¡Por correo electrónico, no puede haberle metido mano!

Para hacer callar al padre, Alicia extrae de una carpeta las fotocopias de los Messengers de Supermask.

–Es esto –dice.

El padre no presta atención a aquellos papeles.

–Pues eso no lo ha escrito mi hijo. Mi hijo ha escrito estos poemas de teta y culo, y yo no sé qué hay escrito ahí, ni me importa, porque a mí sólo me importa lo que ha escrito mi hijo, y mi hijo sólo ha escrito «la doble luna de tu culo».

Amadeu ha ido a Inicio, a Ejecutar, ha escrito tres letras, ha pulsado Aceptar y, cuando aparece la pantalla negra con letras blancas, ha escrito ipconfig y ha pulsado Enter. Ahora, ya tiene ante él la IP del equipo, que compara con el número que lleva escrito en un papel.

Es el mismo.

–Es este ordenador –anuncia.

Los ojos inquisitivos de Alicia han terminado de recorrer y analizar la estancia y dispara una ojeada hacia el chico:

–¿Eres Jazzsinger?

Ernesto se estremece.

–Sí. –¿Cómo lo sabe? ¿Cómo puede saberlo?

Alicia piensa y piensa. Hay algo que no cuadra.

–Amadeu: ¿puede ser que no sea él? Éste es Jazzsinger, ¿recuerdas? No es Supermask.

–El ordenador es éste.

–¿Pero no es posible que haya alguna clase de confusión?

–¡Claro que es posible! –grita el padre–. ¡Es seguro!

–Es posible... –Amadeu está reflexionando. Atrae la atención de la concurrencia. Le pregunta al padre–: ¿Usted tiene antivirus?

–No lo sé –responde el señor Codina. Y traslada la pregunta a su hijo–: ¿Tenemos antivirus?

El chico niega con la cabeza, compungido como si fuera por su culpa.

–Un troyano –concluye Amadeu–. Un virus informático parecido al que hemos utilizado para llegar hasta aquí. Hay troyanos que permiten trabajar con un ordenador desde otro...

–¿Y podemos localizar el otro ordenador? –pregunta Alicia, convencida de que han encontrado la solución.

–¿Ahora mismo? No. Tengo que trabajar en Bolivia.

La sede central de la Policía Autonómica está en la calle Bolivia, en Poble Nou, entre fábricas, almacenes y garajes de empresas de transportes.

Más tarde, en el coche, Amadeu le dirá a Alicia.

–No quería ponerme a trabajar allí, delante de todos. Nunca sabes qué puedes encontrar en un ordenador, y se te puede organizar un escándalo por menos de nada. Además: la orden judicial nos lo permitía, ¿verdad?

–Sí –le replicará Alicia, un poco enojada–, pero tendrás que trabajar esta noche. Esto es muy urgente.

–Acabaré antes de la una, que es la hora en que abren las discotecas.

–O sea, que tenemos que llevarnos el aparato –sentencia Alicia.

–Oiga, oiga... –el señor Codina está reaccionando de la primera impresión paralizadora–. Que la policía se llevó el ordenador de un chico, no hace mucho, con aquel lío que salió en los periódicos, que lo acusaban de terrorista por escribir *mails* a unas empresas, o no sé qué, y se lo devolvieron hecho una porquería...

Está dispuesto a discutir hasta llegar a las manos, ahora sale a la superficie el paterfamilias que debe defender a la prole con uñas y dientes.

Pero los policías tienen que llevarse el ordenador, y tienen que llevárselo, y no queda más remedio y, al final, se lo llevan.

## 21

En cuanto la policía ha salido del piso, Ernesto se ha vuelto hacia su padre, previniendo la bronca.

–¡Yo no he hecho nada, te lo juro, no he hecho nada! ¡A Eva, sólo le escribo estos poemas!

Su padre suspira. Dice:

–«La doble luna de tu culo» –y suelta una risotada.

La madre se suma a las risas.

El padre pone la mano en el hombro de Ernesto para tranquilizarlo y continúa riendo para transmitirle que no pasa nada, que sus poemas no están tan mal. Aún más: se dirige a su esposa y asegura, muy convencido:

–Ya lo habéis oído. Nos han metido un virus y hay alguien que trabaja desde nuestro ordenador. Como esos que intervienen la línea telefónica y hacen que te cobren a ti sus llamadas al extranjero. ¿Qué os parece? ¿Cenamos?

–Sólo un momento, papá –dice Ernesto–. Tengo un amigo que nos puede aclarar todo esto.

La familia Codina forma una piña compacta. Entre todos lo solucionarán todo, etc. Los padres miran a su hijo con total confianza, incluso orgullosos de que tenga tanta inciativa, mientras el chico marca un número en su móvil.

–¿Chesco? –dice.

¿Quién mejor para aconsejarles que un técnico informático? Chesco y Ernesto se han hecho muy amigos porque los dos son aficionados a los juegos de ordenador. El técnico le cuenta secretos de los diferentes juegos, y le recomienda páginas web de donde puede extraerse información jugosa.

–Chesco: ha venido la poli a mi casa, tío. Decían que yo era una especie de pederasta, o algo así...

Chesco tarda en responder. Pasan tres segundos, o cuatro.

–¿Qué? –dice, como si tuviera la boca seca.

–¡Se ha presentado la poli en mi casa, tío!

–Qué dices.

–Creían que yo acosaba sexualmente a Eva Fabregat, no te lo pierdas.

–¿Eva Fabregat?

–Sí, tío. ¿Qué te parece?

–¿Y es verdad?

–¡Cómo va a ser verdad, Chesco! ¿No me conoces?

–Ya, ya...

Ernesto cuenta más o menos cómo ha sido la cosa. Que a lo mejor tiene un virus en el ordenador, un troyano, que permite que desde otro aparato se utilice el suyo, en su casa. Que se ve que el pederasta de verdad utiliza este sistema para burlar a la poli, en caso de que fueran a por él.

–¿Eso es posible? –pregunta.

–Sí, sí –dice Chesco–. Claro que es posible.

–¿Quieres decir que alguien puede meterse en mi ordenador y hacer que haga lo que él quiere? –insiste Ernesto, riendo de emoción. Está excitado, se siente protagonista de película–. ¿Pero cómo puede haberlo hecho?

–Pues... –Chesco tose para aclararse la garganta–. Algún archivo que te han enviado con un adjunto que te interesara. Algo sobre tus aficiones: el manga, videos musicales...

–No recuerdo haber abierto ninguno sospechoso.

–No tiene por qué ser sospechoso. A lo mejor decía que había fotos de coches antiguos, y puede que tú lo abrieras y hubiera realmente fotos de coches antiguos, y no notaras nada raro, pero ya tenías el virus dentro. Ya conoces la ley número uno que siempre te digo: no abras nunca ningún archivo si no conoces a quien te lo ha enviado. ¿Has abierto algún archivo que no sabías quién te enviaba?

Ernesto hace un breve examen de conciencia. Quizá sí. Uno que recibió con viñetas de manga, o puede que sea aquel de las fotos de chicas, o el otro de... Glups.

–¿Eso quiere decir que lo han enviado a mí? ¿Expresamente a mí? ¿Por qué a mí? ¿Quizá porque conoce mi dirección de Hotmail?

–Quizá sí.

–¿Y qué puedo hacer? Se han llevado el ordenador y ahora lo están analizando...

–Se han llevado el ordenador –salta Chesco.

–Sí.

–Entonces... –pausa de perplejidad–. Entonces, yo no puedo hacer nada. ¿Qué quieres que haga, si no tengo a mano tu ordenata?

–Hombre me gustaría saber quién ha estado utilizando mi ordenador. ¿No podemos hacer algo?

–No lo sé –dice el técnico–. No. Si no tengo tu ordenador, no puedo hacer nada. Pero... no sé. Déjame que piense. Mañana te digo algo.

Ernesto cuelga el auricular y se vuelve hacia sus padres:

–Dice que no hay nada que hacer.

Sus padres no se preocupan.

–Bueno, dejémoslo en manos de la policía, que es su trabajo. Venga, cenemos.

La madre abraza al hijo y le da un beso en la mejilla.

–O sea, que ahora te da por la poesía erótica...

Se ríen.

El padre añade:

–¡«Tienes un culo como una luna»!

Y se ríen aún más.

–Que no, corcho. Es: «Veo de lejos, perezoso y garrulo, / la doble luna de tu culo». ¡No me digas que no es bueno!

La película que su padre ha alquilado esta noche en el videoclub es un *western*. *Open Range*. Kevin Costner y Robert Duvall. Buenísima. A la familia Codina le gustan mucho los *westerns*. La familia que ve *westerns* unida seguirá unida.

En su casa, Chesco se ha quedado pensativo, alborotándose inconscientemente la cabellera blanca. En algún momento de esta noche, se acordará del pliego de papeles que le dio la Pasmada de las gafitas. ¿Dónde demonios lo dejó? ¿Qué hizo con él?

Y, cuando lo busque en el bolsillo de la chaqueta vaquera que lleva puesta, recordará que lo tiene en la cazadora y, caramba, espera que su madre no la haya puesto a lavar.

# 22

Sábado por la mañana.

En la pantalla del ordenador, hay la cuadrícula del juego del buscaminas y alguien muy experto va abriendo cuadritos sin tocar ninguna bomba, y el tablero se llena de números unos, y doses, y treses. Es Eva quien juega, en su casa, y Alicia y Amadeu la están espiando desde la Central de Policía de la calle Bolivia.

Hoy, Alicia Garvey tendría que haber ido al oculista para hacerse la intervención de la miopía. Se le ocurrió, inocente, que un fin de semana era buena oportunidad para hacérselo sin que la operación interfiriese en su trabajo. Pues bien: ha sido su trabajo el que ha interferido en la operación. Ha tenido que llamar al oculista y aplazarla porque su obligación, hoy, es la de estar aquí, tomando cafés con Amadeu delante de la pantalla del ordenador donde alguien, muy lejano, juega con el buscaminas.

Entretanto, Amadeu le llena la cabeza con cuestiones técnicas de los troyanos, quién son, cómo son, dónde viven, cómo operan. Que el troyano pudo entrar en el ordenador de los Codina porque no tenían antivirus ni *firewall*; que si los *routers* ADSL llevan incorporado de fábrica un sistema de antiintrusión y no sé cuántas cosas más.

Amadeu, entretanto, no se siente muy contrariado por estar aquí porque, si no hubiera tenido que venir, ahora estaría con la chica que conoció la noche pasada en la discoteca y, bien pensado, esto es mejor. Era una rubia teñida, feliz y espontánea que no dejaba de reír. Y eso está muy bien y enamora a primera vista y te transmite alegría y ganas de vivir durante las dos o tres horas siguientes, pero tanta risa, tanta risa, y tanta alegría, y tanto jajá y ay que me meo, y jijí y jujú, durante horas y horas, al final te ataca los nervios.

A Amadeu incluso le gusta estar aquí, enseñándole a Alicia unas nociones de informática, porque cree que Alicia sabe escuchar. Alicia le cae bien. Además, Supermask prometió que se comunicaría con Eva a las doce del mediodía. En cuanto se haya conectado y localicen quién es y dónde se esconde, ya podrá irse a comer. Amadeu piensa que a lo mejor invitará a Alicia, que seguramente no tendrá ninguna previsión para este mediodía, porque nunca se sabe cuándo acabarán estas cosas, y después podrían ir al cine, a ver una de ciencia-ficción que acaban de estrenar.

Y continúa contando todo aquello del ADSL y del módem y del *router* y unas cuantas anécdotas muy interesantes relacionadas con estos elementos.

En su casa, Eva está clavada delante del ordenador, petrificada, mordiéndose los labios y las uñas, jugando al buscaminas con insistencia y sin convicción, mucho más atenta al pie de la pantalla donde se anuncian los interlocutores del messenger con recuadros amarillos.

Entra el Nena km mgustas piernicortapiernilarga.

Los policías lo ven. Ven cómo el cursor corre a abrir la ventana para aceptar la conversación.

Dice el Nena km mgustas piernicortapiernilarga: Ola.

Ella contesta para matar el rato.

Entra el Comerroscos:

Dice el Comerroscos: Ola.

Y Eva: Ola, k tl, k aces¿?

A primera hora de la mañana, sus padres le han preguntado si quería ir con ellos a comprar al híper.

–No –ha dicho–. Qué rollo.

–Podrías aprovechar para comprarte unas zapatillas, aquellas que tanto te gustan...

–Que noooo.

Ahora, a las 11:55, mientras habla con el Comerroscos y con el Nena km mgustas piernicortapiernilarga, vuelven a la carga:

–Así que, ¿no te animas a venir con nosotros al híper?

–¡Que no, mamá, que no, no me ralles más, porfa!

Sus padres no insisten. Hay veces que la enviarían a la mierda muy a gusto y definitivamente, que les gustaría dimitir de padres y montarse una vida de pareja sin hijos, con libertad para viajar y salir de noche y montar fiestas en casa y entregarse a una vida de caprichos sin sacrificios. Muy de vez en cuando, y con sentimiento de culpa, piensan que habrían aprovechado mucho más y mucho mejor los trece años pasados. A veces, se preguntan qué ventajas y qué recompensas comporta tener hijos.

Bueno, el caso es que ahora se quitan un peso de encima. Saben que, si van solos al híper, se ahorrarán disgustos y discusiones y malas caras. Bueno, nena, ya te apañarás, que ya eres mayorcita. Y, si se dejan caer por esa pendiente, acaban diciéndose que su mundo, el que planearon cuando se les caía la baba sobre la Eva recién nacida, se está haciendo añicos, está perdiendo todo el sentido que había tenido hasta aquel momento. Ya es absurdo conservar libros y CD y DVD para que los aproveche Eva cuando sea mayor. No los aprovechará porque no le interesa nada de lo que les interesa a ellos. Ahora resulta ridículo, grotesco, estúpido, haberla cuidado durante tantas horas, tantos días, tantos meses, trece años, y los consejos que le han dado, y los momentos felices que han compartido, y las experiencias que le han querido transmitir para ahorrarle malos tragos. Nada de todo eso tiene ya sentido.

Cuando piensan cosas así, Tomás y Teresa se asustan un poco de sí mismos, y se agarran de la mano y se calman el uno al otro. Y así, comprando en el híper y hablando de estas cosas, se les pasará una mañana soleada y casi calurosa de sábado.

Entre tanto, Eva piensa que, algun día, en algún lugar del mundo que ahora no puede ni imaginar, dirá: «Las últimas palabras que me dijo mi madre fueron "¿no te animes a venir con nosotros al híper?" y yo le contesté "¡Que no, mamá, que no, no me ralles más, porfa!". Así terminó mi relación paternofilial».

Entonces, salta a la pantalla el aviso de la presencia de Supermask.

El corazón de Eva pega un brinco.

Amadeu dice:

–Míralo. Ya lo tenemos aquí.

Y teclea para buscar el programa *sniffer* donde habrá quedado plasmado el IP del que se acaba de conectar.

Dice Supermask: Eva.

Dice Nos: Tesperaba

Alicia se inclina por encima del hombro de Amadeu para ver mejor la pantalla. A Amadeu, eufórico de triunfo, le parece que Alicia huele muy bien.

–¿Ves? –dice él, señalando cuatro números separados por puntos que han aparecido en la pantalla–. Ya lo tenemos. Éste es el IP del pederasta.

Dice Supermask: Busca en el bolsillo delantero de tu mochila. Nada más.

Y se acabó.

Dice Nos: E

Dice Nos: E, Super

No hay respuesta.

–Ostras, que rápido –exclama Alicia, frustrada–. ¿Ya está?

–No te preocupes, que ya tengo su número –la tranquiliza Amadeu.

Eva se ha levantado de un salto y corre hacia la mochila. Mete la mano en el bolsillo delantero.

Hay un papel. Un mensaje escrito con ordenador. Arial 14, negrita, justificado en los márgenes, interlínea 1,5.

«Lee esto en el lavabo y con un mechero.

»Sal ahora mismo, de prisa. Toma un taxi. Ve a la estación de Sants, toma el tren con destino Maçanet-Massanes que sale a las 12:43. Tienes el tiempo justo. A las 13:32 llegarás a la estación de Arenys. Apéate allí.

»Ahora, memorízalo todo, quema el papel y tira las cenizas al wáter.»

Eva, exaltada, enloquecida, obedece las instrucciones al pie de la letra, aunque son inútiles porque los señores Fabregat no estan aquí para espiarla.

Ha llegado el gran momento, tan esperado.

Pega fuego al papel. Casi se quema los dedos. Tira al wáter las cenizas negras. Libera el agua del depósito, que se lleva los restos del mensaje hacia las alcantarillas.

Eva coge la mochila que es equipaje de fugitiva y, ahora sí, en la soledad de la casa que la ha visto nacer, se permite una ojeada de despedida. Tiene una pena muy grande en el pecho, tan grande que le duele. No puede respirar bien. Ahora, le dará un infarto y se morirá. Tiene que hacer un esfuerzo para moverse. Pero ahora no puede dejar plantado a Supermask, porque Supermask siempre la ha ayudado y le ha prometido la felicidad, y ya ha quedado claro que, en esta casa y en el instituto, Eva nunca podrá encontrar la felicidad.

Adiós. Adiós, no quiere llorar.

Sale.

Cierra la puerta. Ahora sí, definitivamente.

Entretanto, Amadeu ha llamado a la Telefónica para conocer la dirección del usuario del teléfono correspondiente al IP localizado.

No cuesta mucho obtenerlo.

–Mierda –dice Amadeu.

–Qué –dice Alicia.

–Pertenece a los grandes almacenes TNolan de la zona Franca.

–¿Y eso qué quiere decir? –pregunta Alicia, adivinando cuál será la respuesta aproximada.

–Que lo tenemos crudo.

Amadeu se despide de la posibilidad de una comida y una sesión de cine con Alicia. Se les ha complicado el tema.

## 23

Mientras bajan a la calle, montan en un Seat Altea y lo ponen en marcha, Amadeu explica a Alicia que hay algunos lugares, grandes almacenes como El Corte Inglés, Ikea, TNolan, el aeropuerto u otros, que ofrecen conexión inalámbrica a Internet, a través de lo que se llama *wifi*. Y es un servicio gratuito porque el proveedor, ya sean los grandes almacenes, el aeropuerto o quien sea, no han puesto un *password* al acceso y por tanto, en cuanto un ordenador portátil, o incluso una agenda electrónica PDA, con una conexión especial llamada *wireless*, detectan la existencia de una *wifi*, automáticamente se inicia la conexión a Internet. Alicia no presta suficiente atención como para repetir exactamente lo que el experto acaba de decirle pero ha entendido que Supermask ha ido al restaurante de los grandes almacenes y, desde allí, ha utilizado el ordenador de Ernesto Codina para llegar hasta el ordenador de Eva. De esta manera, si alguien rastreaba sus comunicaciones, primero se encontraría con Ernesto y, en segundo término, con el punto muerto de TNolan, Todo para el Hogar.

–Muy astuto, nuestro pederasta –comenta Alicia.

–Llámale paranoico –acepta Amadeu–. Pero, por encima de todo, lo que eso significa es que sabe un huevo de informática.

Salen con la luz azul intermitente y la sirena que alborota al vecindario. A estas horas de un sábado, Amadeu calcula entre cinco y diez minutos para llegar a la zona Franca.

Alicia comenta que, con un poco de suerte, Supermask habrá continuado conectado a la red y lo pescarán con las manos en el teclado.

–No te hagas ilusiones –dice Amadeu mientras cambia de marchas y acelera y frena demasiado bruscamente, y maldice la lentitud y falta de reflejos de los otros conductores–. A mí me parece que esta mañana se ha conectado únicamente para enviar ese mensaje escueto a Eva, y ahora ya debe de haber levantado el campo y el vuelo. No creo que lo encontremos. –Para dejar claro que aquello no es una recriminación ni una protesta, añade–: Pero hay que ir, claro.

–¿Y si no lo encontramos? –Alicia está muy nerviosa y se le nota por la manera como revuelve los papeles de la carpeta amarilla, que ya se ve muy sobada–. Si no lo encontramos, ya está, se esfumó. Tendremos que esperar a que vuelva otra vez. No, no... –Ella misma se tranquiliza, atenta a los papeles que manipula–. No, no: aquí tenemos fotocopias de sus conversaciones del sábado pasado y el anterior. Los dos días, Supermask se conectó mañana y tarde. Tendremos que confiar que esta tarde también vuelva a la carga...

–... y que vuelva a los almacenes TNolan, y no a El Corte Inglés, o al aeropuerto, o a una universidad, o a la estación de Sants, donde también tienen *wifi*...

–No seas gafe, hombre –lo riñe la policía de los ojos azules. Acaba de tener una idea y ya está marcando un número en el móvil.

–Necesitamos a los Lobos –anuncia, más para sí misma que para su compañero. Y, mientras espera que respondan–: Si Supermask continúa conectado en el restaurante de TNolan, y es alguien conocido, lo atraparemos y cerraremos el caso...

–... Lo dudo –dice Amadeu.

–Yo también lo dudo, pero tenemos que llamar a los Lobos por si acaso. ¿Junquera? –exclama, al oír el diga al teléfono.

Ha llamado al Grupo de Investigación de la Fiscalía de Menores, al que ella misma pertenece, y habla con uno de los dos compañeros que están de guardia. Les pide que se trasladen inmediatamente a los grandes almacenes TNolan de la zona Franca con las herramientas necesarias para organizar un seguimiento y que movilicen al grupo de Pelé, familiarmente conocido como los Lobos. Esta tarde, a las tres, deben tener controlado todo el edificio de los grandes almacenes. No conoce exactamente al objetivo a seguir (a quien, en su argot, llaman *pepe*). El grupo deberá estar pendiente de sus indicaciones.

El jefe del Grupo de Seguimiento es el sargento Pelayo Palau, a quien llaman Pelé por su nombre y porque es un fanático del fútbol, delantero centro del equipo de los Mossos.

La llamada de Junquera lo sorprende bostezando, en la zona infantil del parque de l'Oreneta, en compañía de su esposa, su suegra viuda, el hermano de su esposa, la cuñada, los dos sobrinos y los dos niños propios, mientras procura evitar que la niña se coma la arena a puñados (tiene un añito y medio) y que el niño no se caiga de una estructura expresamente ideada para exterminar a la población infantil del barrio. Pelé ha mirado el reloj setenta y dos veces desde que ha salido de casa y se entretiene contando las horas que faltan para el partido del Barça de esta tarde. El bostezo ha llegado inesperadamente y la llamada también.

Nadie le preguntará si se está aburriendo (porque no hay ningún adulto que se esté divirtiendo realmente en muchos kilómetros a la redonda) pero, si se lo preguntaran, diría «No, no, es hambre». Y, ja ja, así se reirían un poco.

La musiquilla del móvil *(«¡Tot el camp es un clam!»)* lo pilla, pues, con la boca abierta y piensa, con su peculiar sentido del humor, que así es mejor porque se ahorra tener que abrir la boca.

Junquera, el de Menores, le comunica que tiene que mover a su equipo hacia los TNolan de la zona Franca.

Hasta este momento, Pelé había estado rodeado por una niebla baja y espesa. De repente, el día se abre y un sol deslumbrante le permite contemplar un horizonte lleno de acción y emociones. No obstante, tiene que improvisar una mueca de disgusto.

–¿Ahora? –grita, mientras se acerca a su mujer, a su suegra y a los cuñados para que lo oigan–. ¿Me lo estás pidiendo un sábado, a las doce y veinte del mediodía? ¿Precisamente un sábado, a las doce y veinte del mediodía?

–Lo siento, Pelé –le dice Junquera–. Es cosa de la Garvey, que ya está allí. Tenemos que pillar a un cabrón. Máxima prioridad. Lo ha dicho la fiscal.

–Está bien. Si no queda más remedio...

La esposa de Pelé lo mira con alarma, «no lo hagas, Pelayo, no, que ya tenemos mesa reservada en el restaurante».

Pelayo pone cara de resignación y consulta el reloj una vez más (y van setenta y tres).

–A partir de las tres, debemos tener controlado todo el edificio.

–¿A las tres? Los grandes almacenes TNolan de la zona Franca –Pelé piensa en voz alta, automáticamente–: quiere decir cinco puertas de salida, si contamos el almacén y el aparcamiento subterráneo, las escaleras mecánicas, los ascensores, un hombre en las pantallas de vídeo, un mínimo de catorce o quince hombres...

Ara, la esposa de Pelé se queja a su hermana de la porquería de trabajo que tiene su marido, que no tiene horas, que pueden llamarle a cualquier hora del día y de la noche aunque no esté de guardia.

Pelayo Palau ha cortado la comunicación.

–Lo siento –dice, como si estuviera muy harto de estas intromisiones en su vida privada–. Siempre pasa lo mismo. Tengo que movilizar al grupo inmediatamente, ¿a ti te parece que es plan?

Da un beso a su mujer, un saludo general con el brazo en alto, y la exigencia de que alguien atienda al niño, que se va a caer de esa maldita estructura, y echa a correr mientras ya va marcando un número en el móvil.

Detiene un taxi. Mientras va de camino a su objetivo, llama a los chicos de la Sala para que le activen el equipo.

–¿Toni? Dentro de veinte minutos, en Bolivia. Una urgencia.

–¿Dentro de veinte minutos? ¿Estás loco?

–¿He dicho veinte minutos? ¡Quería decir diez!

El Seat Altea que conduce Amadeu llega a los TNolan a las doce y media. Se detiene sólo un instante para permitir que baje Alicia delante de la puerta y continúa para aparcar más allá, sobre la acera.

Es un joven de cabellos y barba negros y largos, que corre por la avenida de la Zona Franca con los faldones de la camisa fuera del pantalón.

Alicia utiliza las escaleras mecánicas, trepando de dos en dos, abriéndose paso a codazos entre los clientes que curiosean, «perdone, perdone, lo siento, perdone».

## 24

En la academia, el de VYS (Vigilancia y Seguimiento) es uno de los cursos de especialización más difíciles, con más de seiscientas horas de prácticas. Gran parte del curso se imparte en la calle, donde los monitores ponen a prueba, por sorpresa, a los alumnos.

–Ahora, tienes que meterte en aquella casa y dispones de veinte minutos para salir a ese balcón y enseñarme un pijama del propietario.

Naturalmente, está prohibido utilizar la placa de policía para superar la prueba.

O en una discoteca:

–¿Ves a esa pareja de allí? Un cuarto de hora para que averigües el número de sus carnets de identidad.

Este Grupo de Seguimiento del sargento Palou, conocido como los Lobos, está al servicio de todos los otros. Si los de Homicidios, o los de Atracos, o los de Estupefacientes, tienen que controlar a un sospechoso, recurren al grupo de Pelé, especializado en este trabajo, con sus furgonetas camufladas y sus sistemas de radio y, a veces, con la colaboración del Grupo especializado en medios electrónicos.

El de la policía es un trabajo de equipo. Están los que llevan la investigación, los que vigilan y siguen y, luego, los expertos en detenciones.

A las 12:43, mientras Alicia y Amadeu se encuentran con el jefe de seguridad de TNolan en el restaurante de la séptima planta, Eva está en el andén número dos de la estación de Sants. «Ning-nang-nong, tren tranvía con destino Maçanet-Massanes, vía 2.»

La estación de Sants, para Eva, hoy es otro mundo. La primera estación del resto de su vida. El tren rojo y blanco que entra, se detiene delante de ella, los viajeros que se apresuran. Destino: la libertad.

Sube. Pone la mochila en el estante de arriba. Se sienta.

Tiene miedo.

Se repite por enésima vez que no tiene nada contra sus padres, a sus padres no quiere hacerles daño, pero no le queda otro remedio. Es que no puede soportar vivir ni un minuto más en un mundo donde no la quieren, donde no la aceptan tal como es. Un mundo cuyas reglas ella no entiende, ni domina, ni le interesa comprender ni dominar. Ya se apañarán.

Está harta de que le digan lo que tiene que hacer, de que la traten como a una cría, que la desprecien, que la marginen, que no valoren lo que en ella pueda haber de positivo, sea lo que sea. No quiere saber nada de esta sociedad estúpida, dirigida por adultos estúpidos, que no saben más que cometer injusticias. Desde que dejó atrás la infancia, todo se ha complicado, se ha ensuciado y se ha vuelto feo y perverso. El mundo que le venden sus pares, y sus maestros, y la televisión, es abominable, ¿quién querría integrarse en él y heredarlo? No, no, no, ya se apañarán. Ahora, cuando tiene la oportunidad de huir y hacerse un mundo a su medida, no la va a dejar escapar.

Aunque le dé mucho miedo.

El tren ya se ha puesto en movimiento. Ya corta amarras. Nadie podrá seguir su pista.

A Eva le da mucho miedo huir del miedo, mientras corre a toda velocidad hacia el miedo.

Cierra los ojos. Respira por la boca.

«Tranquila, Eva, tranquila. Ya verás cómo, a partir de ahora, todo va mejor.»

Entretanto, en la Central de la calle Bolivia se van congregando los hombres y mujeres de Pelayo Palou y se van equipando. El aparato de comunicación, con *bluetooth*, que cuelga de una funda bajo la axila, para poder accionarlo con un discreto movimiento de brazo, el microrreceptor en la oreja, la furgoneta camuflada, las motos, los coches, las barbas y bigotes postizos y las chaquetas reversibles para ir cambiando de aspecto sobre la marcha. Pelé se mantiene en contacto con Alicia y le exige que defina mejor al pepe que deben seguir.

–No sé exactamente quién es –se excusa ella, temiendo que se enfaden con ella–. Tendremos que improvisar. Tendréis que esperar mi señal.

Pelé no se enfada. Le encanta lo que está haciendo. De cara a sus hombres, no obstante, hace algún comentario machista del estilo de «las mujeres, ya se sabe», pero en aquel tono de broma que lo hace tan simpático.

Y están en medio de este follón, aún no han salido los de seguimiento de la Central de Bolivia; Alicia, Amadeu y el jefe de seguridad de los grandes almacenes son tres personas plantadas y desconcertadas en el restaurante de los almacenes TNolan, el jefe de seguridad es un hombre muy elegante y serio, de porte aristocrático, preocupado porque los clientes no se den cuenta de nada de lo que ocurre ni pueda ocurrir, cuando Alicia distingue a una persona conocida.

Un hombre joven, de aspecto agradable y enérgico, vestido con una chaqueta de vaquero, con una cartera en la mano que muy bien puede contener un ordenador, y con un vistoso cabello blanco que lo distingue perfectamente de los otros clientes de los alrededores.

Alicia lo vio en una fotografía de la clase de informática del instituto. Es el que había pasado el brazo por encima de los hombros de Eva Fabregat.

¿Cómo se llamaba?

Sí: Chesco. El técnico de informática.

Está allí, en la puerta del restaurante. Esparce una ojeada lenta por todo el local y, de repente, da media vuelta y sale corriendo.

## 25

Delante de Eva viaja un hombre anciano, con el rostro cruzado por infinidad de arrugas que parecen cicatrices, sin duda adquiridas en un trabajo muy duro al aire libre. A su lado, hay un hombre vestido con un chándal manchado, calvo, con gafas y bigote, que se esconde tras un libro que se titula *Los volcanes de las Islas Canarias* y que no debe de interesarle mucho porque va dando cabezadas. Junto a la chica, codo con codo, hay un hombre de traje, corbata y camisa impecable que lee el periódico ocupando más sitio del que dispone. Eva se pregunta cómo será su Supermask.

Cuanto más lejos está de casa, más miedo tiene Eva. Durante mucho rato, ha sido como si avanzara de espaldas a su destino, con la vista clavada en el mundo que deja atrás, pensando en sus padres, en la casa donde nació, las experiencias vividas y compartidas con la gente que conoce desde siempre. Pero llega un momento en que el mundo conocido se pierde en el horizonte y ya no le resultan familiares ni los nombres de las estaciones donde el tren se detiene. Entonces, es como si tuviera que volverse hacia su futuro, y no lo ve. Se ve encarada a un abismo negro, como el fondo de la gruta más profunda, un pozo de miedo.

Y allí, al final, ni siquiera ve la figura reconfortante de Supermask. Porque Supermask aún no tiene figura. Supermask aún no es nadie. Y, si Supermask aún no es nadie, Eva está más sola que nunca. Ni antes de nacer había estado tan sola, porque entonces estaba con su madre.

El miedo es un sentimiento horrible al que nunca te puedes acostumbrar. Cuando te parece que ya has pasado todo el miedo que tu cuerpo puede soportar, descubres que esto no ha hecho más que empezar. El miedo del niño que pierde la mano de su padre en medio de la multitud, el miedo a los cambios de un cuerpo mutante que provoca deseos y atracciones irresistibles, que te cambia los gustos y los comportamientos contra tu voluntad. Miedo a un mundo cruel, exigente, competitivo, agresivo, que te está esperando como un guerrero armado y ansioso por destruirte.

Eva se precipita hacia ese mundo terrorífico a la velocidad enloquecida del tren.

En cuanto ha pisado el umbral del restaurante y ha visto a todo aquel personal ocupando sillas, o caminando entre las mesas, hablando con los camareros, mirando si ha llegado algún conocido, esperando a que quede libre alguna mesa de la terraza, Chesco se ha detenido en seco y ha pensado que acababa de cometer un grave error.

Entre aquellos hombres serios y elegantes encantados de conocerse, de las familias con niños gritones, turistas prematuramente disfrazados de turistas y los pulpos solitarios perdidos en un garaje, le ha parecido que algunos ojos se volvían hacia él como si lo reconocieran. Y ha pensado: «Esto debe de estar lleno de policías». Más: «Si esto está lleno de policías, ya deben de haberme reconocido y se estarán preguntando qué hago aquí».

Ha dado media vuelta y, rápidamente, utiliza las escaleras mecánicas que bajan al sexto, temblándole las vísceras, mientras se recrimina «Soy un imbécil, soy un imbécil, soy un imbécil».

Al mismo tiempo, Alicia, Amadeu y el jefe de seguridad de esta delegación de los grandes almacenes se han puesto en movimiento. Entre los ciudadanos que contemplan productos y calibran precios, y dudan, y consultan si no sería mejor eso que esto, avanzan esas personas muy presurosas, con una misión muy concreta que les obliga a abrirse paso sin contemplaciones, «perdone, ¿me permite? gracias, perdone». La chica rubia de los ojos azules y el joven de las barbas, que parece que van juntos; y el hombre alto y elegante, seguramente un alto cargo de los grandes almacenes, porque se mueve con una seguridad especial, «perdone, perdón, ¿me permite?».

Chesco los tiene encima, pero no se da cuenta de ello hasta que una mano cae sobre su hombro. Entonces, Alicia, Amadeu y el hombre exageradamente elegante y aristocrático forman un círculo alrededor de Chesco y la chica rubia y menuda, de ojos azules, tan inocente, le enseña la placa y carné profesional de policía y dice:

–Policía. Tendrá que acompañarnos.

Y el hombre extraordinariamente elegante añade, hablándole al oído:

–Si te portas bien, te ahorraremos las esposas.

Alicia ha asistido a muchas detenciones, y sabe reconocer a un culpable que se da por vencido. Es ese gesto de relajar los músculos, la mueca de «He perdido, me rindo».

El jefe de seguridad, con gestos de mayordomo que recibe a los invitados a una recepción real, se hace seguir muy atento a que ni un solo cliente se distraiga de su compra feliz.

Y, de repente, antes de lo que pensaba, a las 13:32 en punto, el tren se detiene en la estación de Arenys de Mar. Demasiado de prisa, demasiado temprano, Eva no ha tenido tiempo de prepararse.

Coge su mochila. Recorre el pasillo, una más entre la gente que se apea al andén. Eva ya está fuera. El tren se va.

Tienen que bajar a la vía de al lado y atravesarla para llegar al edificio de la estación. Hay una mujer mayor y gruesa que se mueve con mucha dificultad, con un bastón, y un chico de rastas y gafas tiene que ayudarla. La mujer le dice «Gracias». Hay dos monjas y un hombre con sombrero de paja y un bigotazo blanco, y una chica sólo un poco mayor que Eva, con pinta de estudiante *light*. Y todos juntos entran en el edificio de la estación.

¿Y ahora, qué?

Eva mira a su alrededor, convencida de que verá a Supermask, que la habrá venido a buscar.

No ve a ningún conocido. Y Supermask le dijo que se conocían. Pero, ¿y si mintió? ¿Y si es un desconocido loco? Con aquella voz. El hombre del sombrero de paja y el bigotazo, o el chico de las rastas. O una mujer. ¿Y si es una mujer de voz gruesa?

Eva se ha detenido en medio del vestíbulo. No se atreve a salir de la estación. Porque está convencida de que Supermask la está esperando allí afuera.

Supermask está fuera de la estación, en el aparcamiento, dentro de su Nissan. Los ojos clavados en la puerta de cristal, sin parpadear, atento a los viajeros que van saliendo. Las monjas, el chico de las rastas y las gafas, el hombre del sombrero de paja y el bigotazo, la mujer gruesa que anda muy mal apoyada en un bastón.

El miedo también lo está poseyendo a él. No se le escapa que su vida está a punto de enturbiarse. Hasta ahora, todo se ha resumido a una fantasía excitante pero inofensiva, irreal y divertida precisamente porque parecía irrealizable. Ahora, como dicen los norteamericanos, sus sueños están a punto de hacerse realidad, y no sabe si eso le gusta mucho, pero no puede echarse atrás.

Su objeto de deseo está ahí, en la estación, al alcance de la mano, y ya no puede renunciar a él. Quizá le gustaría renunciar, porque así no se le complicaría la vida, porque se le complicará, lo sabe porque no será la primera vez. Porque ya una vez se acercó demasiado a lo que le gustaba y se quemó. Tuvo la oportunidad de cogerlo y no fue capaz de resistirse. Y, después, ¿qué? No podía permitir que la niña fuera corriendo a decir a sus padres lo que había sucedido. No podía correr el riesgo de un «prométeme que no se lo dirás a nadie». No podía ser. Tenía que hacerlo.

Estuvieron buscando a la niña durante meses, se habló de ello en los periódicos, se veían pasquines con su foto en las tiendas y pegados en los árboles y en las farolas de toda la ciudad. Para él también fue un calvario. Enormemente desagradable. Un martirio. Se prometió que nunca más volvería a ocurrir. Y era sincero...

Pero ahora...

Todo empezó como un juego, otra vez, un simple juego inofensivo por Internet. ¿Qué mal hay en fantasear por escrito? Ninguno. El problema es que, jugando jugando, te encuentras en la situación actual y no sabes cómo. Y ahora tiene a Eva demasiado cerca de su mano.

Y no quiere, no puede renunciar a ella, igual como un drogadicto no puede rechazar la jeringuilla de heroína cuando se le ofrece.

## 26

Entran Alicia Garvey, Amadeu, el jefe seguridad y Chesco en una zona restringida al público un pasillo sin decoración ni *glamour*, y un despacho insuficiente para tanta gente.

–Siéntese –ordena Alicia al detenido. Le dice a Amadeu–: Llama a Pelé y dile que ya no lo necesitamos. –Y al detenido–: ¿Me permite su DNI, por favor?

Chesco asiente, cabizbajo, como lo hacen muchos culpables, y tiembla como si hiciera un frío ártico cuando saca su carné de identidad y lo entrega a la policía. Se llama Francisco Baltasar Hernández.

–¿Conoce a Eva Fabregat? –arranca Alicia.

–Sí. Y sé que están buscando a un pederasta –tartamudea de tal manera que no se le entiende lo que dice y, de momento, resulta cómico–. Si me permiten que me explique...

Alicia permite que se explique. Amadeu, en segundo término, habla por el móvil:

–Retirad el servicio. Ya tenemos al sospechoso.

Pelé protesta. Aquello sí que le molesta. Ahora que lo tenían todo a punto, y tanto como le gusta organizar todo el jaleo.

–Bueno, chicos –dice–. Habéis tenido suerte. Esta tarde podréis ir a ver al Barça.

–Soy muy amigo de Ernesto Codina –está diciendo Chesco. A medida que se calma, cada vez se le entiende mejor–. Él me dijo que lo acusaban de ser un pederasta y yo, yo, ayer por la noche fui a casa de mis padres y me cambié de chaqueta...

–¿Cómo, cómo?

«Un momento, un momento», hace él, como quien se atraganta.

Amadeu ha sacado un ordenador portátil de la cartera que traía Chesco y lo ha puesto sobre la mesa. Lo abre. Lo conecta.

–¿Tiene algún password? –pregunta.

–Mierdaseca –dice Chesco.

–¿Qué?

–Es mi password. Mierdaseca –repite el detenido, visiblemente avergonzado.

Amadeu ya está dentro del ordenador pulsando teclas a toda velocidad.

Chesco, bajo la mirada curiosa de Alicia, continúa:

–Pensé que el pederasta tenía que haber metido un troyano en el ordenador de Ernesto... –Vuelta atrás. Sacude la cabeza para centrarse–: Yo... –Hace un gesto que significa «soy tan idiota que»– ... quería ayudar a Ernesto a encontrar quién era ese pederasta que le ha hecho la putada, pero no tenía el ordenador para localizar el troyano y encontrar la IP del pirata, que supongo que es lo que han hecho ustedes. Entonces, tuve una intuición. Ya sé que es muy raro tener una intuición y que me hace muy sospechoso, pero la tuve, qué quiere que le diga. Pensé qué haría yo si fuera el pederasta y quisiera impedir que alguien llegase hasta mí y tuviera cononocimientos informáticos como para introducir un troyano en otro ordenador para operar desde él, y se me ocurrió que iría a un sitio que tuviera posibilidad de conexión *wifi* y entonces, recordé que una niña del instituto había encontrado esto, y me lo dio creyendo que era mío...

Ahora saca del bolsillo de la chaqueta de vaquero un pliego de tiques del restaurante de TNolan, la tarjeta de la tienda de informática, y hasta el billete de veinte euros arrugado que había en medio.

–... Pero me lo había metido en el bolsillo de la cazadora y, ayer por la noche, fui a casa de mis padres y me cambié de chaqueta y me dejé allí la cazadora. Hace poco que vivo en un piso de alquiler y todavía tengo muchas cosas en casa de mis padres... y por eso hoy he tardado en venir aquí, porque he tenido que ir primero a casa de mis padres, y he recuperado la cazadora y en el bolsillo había estos papeles. Todos eran tiques del restaurante de este centro, y he visto que los sábados acostumbraba a hacer consumición mañana y tarde, de manera que he venido para ver si encontraba a alguien conocido... Si es alguien del instituto, yo debería conocerlo...

Amadeu dice:

–El ordenador está limpio. No hay nada sospechoso.

Más tarde, Alicia dirá a sus compañeros que, si no le hubiera entrado la llamada, habría resuelto el caso ella solita. De repente ha visto claro que aquel desgraciado del pelo blanco no es Supermask y que, en este mismo instante, debe de estar sucediendo algo terrible en algún lugar desconocido. Pero no tiene oportunidad de formular ninguna sospecha, porque entonces suena el móvil.

Responde:

–¿Sí?

–Eeeeee... ¿Alicia Garvey?

–Sí.

–Soy Tomás Fabregat. Eeeee... ¿Qué le quería decir yo? Que... Eeeee... ¡Que Eva se ha escapado de casa!

Son las 14:15.

Supermask traga saliva, se limpia las manos sudadas en las perneras del pantalón, se pasa la lengua por los labios.

En todo caso (piensa), que no salga la niña de la estación, que no salga. Que vuelva a casa de sus padres. Si es así, él no podrá hacerle nada, deberá conformarse con su frustración. Pero, si la niña sale, si la niña sale, entonces...

Pasa la gente alrededor de Eva, unos muy deprisa, muy decididos, con un objetivo muy claro; los otros lentos, despistados, embobados ante los paneles indicadores, se cruzan y chocan entre sí, y unos se alejan y otros se acercan. Hay quien deja en el suelo una maleta demasiado pesada y quien mira con insistencia como si pensara en robar algo. Todos en conjunto forman un tejido protector en torno a Eva que se siente segura entre tanta gente, con la posibilidad de volver atrás, de subir en el próximo tren que la devuelva a casa. Si ahora sale a la calle, si se encuentra con Supermask, su futuro se precipitará.

No, no, no quiere. No puede.

Se acerca a la puerta de cristales sucios y mira hacia el exterior.

La niña no sale pero está ahí, al otro lado del cristal, y lo está mirando. Seguro que ha reconocido el Nissan.

Supermask sale del coche.

Y ahora sí que Eva lo ve y lo reconoce. Si había tenido alguna duda, ahora la duda se desvanece al ver al Tolondro, el profe de Tecno, el señor Pedro Galabarte, allí, en medio del aparcamiento.

Eva se queda estupefacta. ¿Qué está haciendo allí el Tolondro?

Pregunta absurda. ¿Qué quieres que haga?

Ahora, viene hacia aquí. Avanza decidido hacia la estación. Pasa al ataque. Está horripilado. Tiene ganas de mear. Ahora, viene hacia aquí.

El Tolondro. No se le habría ocurrido nunca. El Tolondro es torpe, desagradable por demasiado educado, con aquella sonrisa pegajosa... ¡No puede ser Supermask!

Pero lo es.

Entra. Con aquella sonrisa empalagosa, con *aquella sonrisa empalagosa.* Se dirige a ella.

Eva lo mira, anclada en medio del vestíbulo, como el cordero atado al árbol mira al tigre que se aproxima.

Esto es la perdición de los dos.

–Eva –dice.

Eva tiene que aspirar mucho aire por la nariz, llenarse los pulmones en una especie de sollozo tembloroso e incontrolable. No puede hablar. Sólo mover la cabeza. «Sí, sí, sí.»

–Te estás preguntando qué hago yo aquí –dice el Tolondro.

–¿Eres Supermask?

Un instante de duda. Todavía está a tiempo de decir que no, que todo esto es una absurda coincidencia.

–Sí. –Uf, cómo ha costado–. ¿Te lo esperabas?

–No.

–Déjame –tan solícito–. Yo te llevaré la mochila. Ven.

–No. No, no, no –principio de pánico.

–Por favor. No montes un número. Habla tranquilamente. No te pediré que hagas nada que no quieras hacer. Si no quieres venir conmigo, no vengas, yo te acompañaré a tu casa, si quieres, pero hablemos, sólo te pido que hablemos, creo que me lo merezco, como mínimo hablemos...

Es convincente. Su voz, ahora sí, es dulce. Y sus movimientos, tan educados, y la mirada, que reclama e infunde confianza.

–Por favor. Al menos, escúchame. Sabes que te quiero mucho. Soy el mismo que habla contigo por el Messenger. Sólo quiero tu bien, tu liberación, tu felicidad.

«Es verdad», piensa Eva. «Es el mismo que habla conmigo a través del Messenger, el que me ha enamorado con sus palabras tan dulces y sabias.»

–Por favor.

Él le ha cogido la mochila y le ha puesto la mano en el codo.

En cuanto nota el contacto de sus dedos, Eva se hunde, se convulsiona, y el arrebato de violencia se contagia a Supermask.

–No, no, no –dice ella, a punto de estallar en gritos–. No quiero ir, quiero ir a mi casa...

–Claro, claro, a tu casa. Yo te llevaré a tu casa, querida. Si tienes miedo de huir, es porque todavía no ha llegado el momento. Pero hablemos, por favor, sólo te pido que hablemos...

La presión de la mano en el codo, como una tenaza, contradice el tono complaciente de la voz que la anima: «Adelante, adelante, no te preocupes, sube al coche». Ya están en el aparcamiento de la estación. «Todo tiene una explicación, tú y yo nos entendemos, no estropeemos ahora una cosa tan bonita que nos ha costado tanto crear...» Tienes que confiar en él, Eva, porque es él, es Supermask, sólo Supermask sabe hablar así. En toda su vida, Eva no ha conocido a nadie con tanto poder mágico en las palabras. Y, si el físico, de momento, no se corresponde con las expectativas, cabe suponer que ya se producirá el milagro. Confía en él. Porque, además, no te queda más remedio. Ya has cortado amarras con los de casa, con el viejo mundo repugnante del que reniegas.

Pero no, no, no. Eva no quiere caer en la trampa. Quiere volver a su casa, por favor, por favor.

Y monta en el Nissan porque Supermask le asegura que ahora mismo la llevará a su casa.

–Quiero ir a mi casa.

–Claro que sí.

Él se pone al volante del Nissan. Arranca.

Una tras otra, se rompen las amarras que ataban a Eva al mundo real, al mundo conocido. Si ahora el Nissan sale de este aparcamiento (y sale), si ahora el Nissan emprende esta calle (y la emprende) y se pierde entre las calles de este pueblo desconocido (y se pierde), y sale a esta carretera comarcal donde sale, y acelera como acelera, ¿quién podrá seguirle la pista?

¿Quién podrá saber nunca que Eva Fabregat ha llegado hasta aquí, y ha bajado del tren en esta estación, y ha montado en este coche y ahora corre por esta carretera de mala muerte quién sabe con qué dirección?

## 27

Antes de que los Fabregat se precipitaran sobre el aparato telefónico, han sufrido el proceso lento y apabullante de la angustia.

Ha empezado con el saludo confiado, al llegar del híper, «¡Eh, nena, ya estamos aquí!», que no ha recibido respuesta. Los padres se han mirado con disgusto, «esta cría, cada vez es más maleducada, qué antipática, por Dios!».

Cuando han acabado de meterlo todo en el frigorífico y en la despensa, han vuelto a gritar: «¡Nena!» y les ha parecido que a su llamada respondía un silencio más denso, profundo y quieto que nunca. Han mirado en la habitación de Eva y el grito, «Eva, ¿no me oyes?», se ha quebrado al comprobar que no está.

–No está.

–¿Cómo que no está?

–No está.

Y tampoco la encuentran en el estudio embobada delante del ordenador.

–¡... y en el armario no está su ropa!

Ni la mochila, ni sus recuerdos más queridos, la primera muñeca que tuvo, las cajitas de tesoros, la bisutería. Y ha vaciado la alcancía.

El mundo se hunde. Todas las expectativas, todos los proyectos, todas las ilusiones se esfuman. Los padres que ayer, y anteayer, pensaban que serían mucho más felices sin hija, hoy tienen que reconocer que, sin hija, su vida no tiene sentido. Se han acostumbrado a vivir con ella, con todas las alegrías que les ha procurado, pero también con todos los disgustos, que los disgustos también son vida, y ahora todos los disgustos se resumen en uno, que les provoca un miedo abismal. «¿Qué le ocurrirá, dónde irá, qué será de ella?» Eva es la obra más importante que este hombre y esta mujer han hecho en su vida, una joya única que han cortado y pulido invirtiendo en ello cantidades incalculables de amor, de abnegación, de sacrificio, de energía, de ternura, y ahora no pueden soportar la hecatombe de perderla. Descarada o no, antipática, hostil, odiosa a veces, pero también infantil, ingenua, divertida, espontánea, amorosa, frágil, con tanto por aprender, sobre todo, con tantas cosas por enseñarle, que no hay derecho a que ahora se interrumpa el proceso. Es su obra suprema, lo mejor que han sabido hacer los señores Fabregat. Mucho más importante que la empresa que ha levantado el señor Fabregat dedicándole más de doce horas diarias durante años y años, mucho más importante que el trabajo monótono y funcionarial de Teresa y que su dedicación a la casa y a la cocina. Infinitamente más importante es Eva. Y ahora la han perdido. Mucho peor: se la han robado.

–¿Qué le quería decir yo? Que... Eeeee... ¡Que Eva se ha escapado de casa!

Alicia, en este momento, ya cree que el pobre Chesco es inocente y ya hace rato que sus pensamientos han continuado el discurso por su cuenta.

El último mensaje de Supermask decía «Busca en el bolsillo delantero de tu mochila. Nada más». ¿Qué quería decir con aquello? Piensa la policía: quiere decir que Supermask había podido meter algo en el bolsillo delantero de la mochila. O sea, que había tenido acceso a la mochila y ¿qué podía haber metido en ella? Un mensaje escrito. Imaginemos que fuera un mensaje escrito. ¿Qué otra cosa podía ser, si no? Tenía que decirle algo. Le dice «Busca en el bolsillo delantero de tu mochila». Quiere comunicarse con ella de otra manera. Por escrito. ¿Y eso qué significa? Que Supermask sabía que Eva no tenía móvil para comunicarse con ella. Cuando lo echó en falta, Eva fue a la sala de profesores para protestar de que el insti era una cueva de ladrones. Y Supermask tuvo que poner el mensaje la misma mañana en que le quitaron el móvil a la chica, en las horas siguientes, de manera que tiene que ser alguien del instituto.

Alguien que sabe suficiente informática como para montar una combinación tan ingeniosa y alambicada, y que conoce a Ernesto y a Eva, y que tiene acceso a los *nicks* y *passwords* de los alumnos, y que ha podido perder los tiques del restaurante en la clase de Tecnología.

Alicia marca un número en el móvil. No se preocupa de ser prudente ni de hacerlo en voz baja porque ya sabe que el interrogatorio que están llevando a cabo no los conducirá a ninguna parte. Habla:

–¿Ernesto Codina?

–Sí, sí. Soy yo.

–Soy la subinspectora Alicia Garvey, de la policía. Tengo que hacerte una pregunta.

–Diga.

–En el hecho de que no tengas antivirus, ¿el profesor de Tecnología ha tenido algo que ver?

Un silencio.

–Bueno... Sí. Me dijo que no hacía falta, que los antivirus tienen más inconvenientes que ventajas. Impiden que te cargues algunos programas que a mí me interesan, sirven para que tus padres controlen por dónde navegas...

–Gracias –dice Alicia.

Llama a otro número. Ahora, los ojos de Amadeu, el responsable de seguridad del centro y de Chesco ya están fijos en ella, y se ha interrumpido el interrogatorio. Es entonces cuando Alicia se da cuenta de que está a punto de cometer una indiscreción y se aparta el móvil de la oreja mientras suenan los tonos de llamada y dice:

–Soltadle. No es él. –Y a Chesco–: Perdone las molestias. Lo siento mucho.

Entretanto, ha abierto la puerta y sale al pasillo gris e inhóspito, y allí habla con libertad.

–¿Señor Mediavilla?

Se ha puesto en contacto con el director del instituto, que le dio una tarjeta y le dijo que contara con él cualquier día a cualquier hora.

–Necesito –dice la policía– la dirección del profesor de Tecnología de su instituto. Urgentemente. Ahora mismo. ¿Cómo se llama?

–¿Cómo se llama? ¿Pero para qué quiere saberlo? Se llama Pedro Galabarte. Y espere un momento. No sé para qué quiere saberlo... Ahora le doy su dirección...

–Por favor, es muy urgente.

## 28

Durante el trayecto, Supermask habla y habla, y todo lo que dice es razonable y tranquilizador.

–Quería hablar contigo con calma porque todo esto es muy delicado –va diciendo–. Supongo que lo comprendes...

El coche corre y corre. Y a un lado y a otro hay huertas y solares con grandes rótulos anunciadores de inmobiliarias y futuras urbanizaciones que prometen paraísos a cómodos plazos.

–Yo sólo quiero ayudarte. Tú necesitabas salir del purgatorio en que te habías metido y yo me he limitado a sugerirte una salida. ¿Quieres huir? Pues huye. Mira, ven y te enseñaré el camino. –Eva mueve la cabeza negativamente.– ¿Que no quieres ir por ahí? De acuerdo, conforme, ya eres mayorcita, pero cuidado, porque ahora puedes meterme en un compromiso. De eso quería hablar contigo, ¿entiendes? –El discurso se alarga y se alarga.– Si tú ahora vuelves a casa y dices que el señor Galabarte te ha incitado a huir de casa y te ha abierto las puertas de su casa, me meterás en un lío, ¿verdad que me entiendes?

–No lo diré, no lo diré.

–Ya sé que no lo dirás, pero precisamente por eso quiero hablar contigo, y quiero hacerte reflexionar y quiero enseñarte una cosa...

Y el discurso se alarga y se alarga.

Ya hace rato que Eva sospecha que no van hacia Barcelona ni hacia su casa. Ahora, de repente, cuando el Nissan abandona la carretera y pasa bajo un arco blanco sobre el que se lee Urbanización Trespiés, Trespeus, Threefeet, Troispieds, cae sobre ella la confirmación de todas sus sospechas.

–¿Dónde vamos, dónde vamos? –exclama, con voz delgada y aguda.

–Sólo quiero enseñarte una cosa –dice el Tolondro, muy nervioso–. Sólo una cosa. Quiero que hablemos tranquilamente...

–No quiero. Quiero que me lleves a casa...

## 29

Chesco insistía en que le permitieran ir con ellos, pero no lo ha conseguido. Ha leído demasiadas novelas donde los ciudadanos corren aventuras emocionantes junto a la policía e, incluso, aportan colaboraciones inestimables sin las cuales la operación habría fracasado. Las cosas no son así. El trabajo de la policía es demasiado serio como para permitir la injerencia de los aficionados.

Chesco se ha quedado en la acera de la avenida de la Zona Franca, desencantado, elaborando tal vez la versión de los hechos que le explicará a su amigo Ernesto.

Amadeu y Alicia se desplazan ahora hasta el domicilio del señor Pedro Galabarte. Por el camino, Alicia expone a su compañero el proceso mental que la ha llevado a la conclusión de que Galabarte es el hombre que buscan.

Llegan a un edificio de la izquierda del Eixample, antiguo y con modestos detalles modernistas que lo dignifican. Acceden a un vestíbulo que fue pretencioso y que ha sido degradado por una cañería de gas inoportuna y unos buzones baratos y deteriorados y una caja de ascensor estándar que demuestran el mal gusto y la tacañería de los vecinos.

Alicia, a lo largo de su carrera, ha tenido que hablar con unas cuantas mujeres casadas con pederastas y ahora, al encontrarse delante de la señora Galabarte, cree que encaja perfectamente con el perfil. Es una mujer de mirada huidiza, abrumada por la resignación, que parece humilde y humillada, insegura, débil. Eso no quiere decir que conozca y oculte las tendencias sexuales de su marido (que quizá sí) sino que está acostumbrada a recibir un trato especial, se ha adaptado a ello y no pide ni espera nada más de la vida.

Se le desorbitan los ojos ante las placas de los policías, pero en seguida neutraliza la sorpresa con un alzamiento de cejas que significa «¿Ya han llegado? ¿Tan pronto?»

–¿Mi marido? Mi marido se ha ido a pescar, esta mañana, como cada sábado. Los sábados se va a pescar...

–¿Dónde?

–... Le gusta estar solo, es un hombre que goza de la soledad. Tiene una vida interior muy intensa.

–¿Dónde ha ido a pescar?

–¿Qué? Ah. A la casa que tenemos en Canet. Bueno, primero habrá ido a TNolan, a comprar unas cuantas cosas, como hace todos los sábados, pero como ya hace rato que se ha ido, supongo que ya debe de estar camino de la casa de Canet.

–¿Canet de Mar?

–Sí, entre Canet y Sant Pol. Una casita que tenemos en la urbanización Trespiés.

–¿Tiene móvil? ¿Qué número?

A través del teléfono móvil, podrán localizar su situación exacta.

Con mariposas en el vientre, Eva empieza a removerse en el asiento, y busca la manija de la puerta, se le ocurre que tendrá que tirarse del coche en marcha, y eso la horroriza porque algún rincón de su cabeza sabe que lo que le espera puede ser más horroroso que el golpe que reciba al tirarse del Nissan en marcha, y se siente idiota, infantil, ingenua, inepta, por no haberse percatado hasta ahora del peligro que corría. Agarra la manija y tira de ella, pero el sistema de cierre automático hace clac, y no se abre, no se abre, no se abre...

Y se confunde lo que ella dice y repite («¿Dónde me llevas?, quiero ir a mi casa!») con lo que dice y repite él («¡Sólo te quiero enseñar una cosa!») mientras el coche avanza por las calles desiertas de una urbanización que sólo está habitada en verano. Ahora es una ciudad fantasma, un amasijo de edificios ciegos donde nadie la oirá si grita.

–¿Dónde me llevas? ¡Quiero ir a mi casa!

–¡Sólo quiero enseñarte una cosa!

Tiene que haber un botón que haga saltar el cierre centralizado, en el coche de su padre hay uno, pero ahora las manos temblorosas de Eva no saben encontrarlo...

El Nissan va directo hacia la puerta de un garaje adosado a una casa unifamiliar con jardincillo. Una puerta que se está abriendo de abajo arriba, como una boca que quisiera tragárselos.

Ya está, ya lo ha encontrado, aquí está, ¿cómo funciona?, clac, el Tolondro ha tenido que accionar el mando a distancia de apertura del aparcamiento, no puede atender a todo a la vez, y por eso Eva puede agarrar la manija, ahora sí. «¡Abre y salta, abre y salta, salta, burra, salta del coche!», pero ya es demasiado tarde porque el Nissan ya está encajado entre cuatro paredes y la puerta se cierra de arriba abajo a su espalda. «¡Tira de la manija, burra, abre, sal de aquí!», pero el Tolondro se lo impide, se echa sobre ella, la agarra de la manga del jersey.

–¡Espera, Eva, sólo quiero decirte una cosa, sólo quiero enseñarte una cosa, quiero que hablemos tranquilamente...!

El contacto de aquella mano violadora hace saltar el chillido penetrante e infrahumano, hace que estalle el pánico como una bomba devastadora. Eva pone la espalda contra la puerta y pone sus pies defensores entre ella y el agresor y patalea de manera frenética martilleando el pecho y la cara del Tolondro con feroces puntapiés.

Al mismo tiempo, no sabe muy bien cómo, tira de la manija de la puerta, que se abre de golpe, y cae hacia atrás, cae en un suelo muy duro, y se pega un golpe en la cabeza, y piensa «¿qué pasaría si me quedara sin conocimiento?», pero no se queda. Y retrocede, repta, se retuerce en el suelo alejándose del coche mientras el Tolondro, con cara de furor asesino, está tumbado sobre los asientos delanteros del coche con las manos alargadas hacia ella.

–¡Eva!

Eva se pone en pie, resbala en el suelo sucio de aceite, va a parar contra una mesa donde hay productos de limpieza, se apoya en ella y mira a su alrededor, despavorida porque está en un espacio muy reducido, casi totalmente ocupado por el volumen del Nissan, y cerrado cerrado cerrado sin salida.

Sólo la puerta por donde han entrado y otra puerta más pequeña, que debe de llevar al resto de la casa.

Alarga la mano y agarra lo primero que encuentra, una escoba, y se vuelve rápidamente enviando un golpe con zumbido, zzumm, que está a punto de dar al Tolondro, que salta atrás, y se asusta, y el cepillo de la escoba sale disparado como un proyectil, y el profe de Tecno (¡Dios mío, porque es el profe de Tecno!) grita, muy compungido:

–¡Pero, Eva, por el amor de Dios, qué haces?! ¿Qué te pasa? ¿Qué te crees que quiero hacerte?

–¡Quiero irme a casa!

Mueve el palo de escoba ante sí, para mantener al profe a distancia, y va hacia la puerta pequeña, y se vuelve para agarrar el pomo, y tira de él, y no se abre, y tira y no se abre, y es cuando el Tolondro pega un salto y agarra el palo de escoba, y se lo quita, y lo tira lejos, y Eva chilla, chilla, chilla indefensa entre las manos del violador, y la abandonan las fuerzas porque sabe que ya no podrá evitarlo, no podrá evitarlo, no podrá evitarlo.

Mientras forcejean, a los gritos de Eva se suman los gritos furiosos del Tolondro («¿pero qué te crees que quiero hacerte, criatura?») y eso forma un griterío espantoso que llena el garaje y cierra el paso a cualquier otro sonido que provenga de fuera. Es de repente, cuando el llanto quiebra los alaridos de ella o cuando él calla para tomar aliento, que irrumpen otros gritos, al otro lado de la puerta del garaje:

–¡Policía! ¡Abran! ¡Policía!

Es el agente Bonastre, que golpea la puerta con la culata de la pistola.

Este grito tiene el poder de congelar la atmósfera. El Tolondro queda petrificado, se estremece, retrocede, toma conciencia de que ha roto el jersey negro de la chica, de la niña, que está llorando y sollozando y acaba de hacerse pipí encima.

–¡Policía! ¡Abran! ¡Policía!

–Nena, Eva, por favor, no grites, me pones en un compromiso, no sé qué piensas que te quería hacer... –tartamudea el hombre.

–¡Socorro! ¡Policía! ¡Socorro! –grita ella con una desesperación que hace vibrar las paredes.

Alicia Garvey ha llamado a la Central de Mataró y de la Central de Mataró ha salido una llamada a todos los coches patrulla que en aquellos momentos circulaban por el Maresme. El coche que estaba más cerca de la Urbanización Trespiés iba conducido por el agente Bonastre, que va acompañado por el agente Saldaña. Han puesto luces y sirena y se han dirigido a la urbanización a toda velocidad. Una vez allí, les ha costado un poco encontrar la dirección exacta que les han proporcionado, porque estas urbanizaciones de veraneo ya se sabe. Al final, los han guiado los gritos procedentes del interior de un garaje.

El Tolondro pega un empujón a Eva y hace que caiga al suelo, y empuja la puerta pequeña (la empuja, que había que empujar y no tirar como hacía Eva) y huye hacia el interior de la vivienda.

Eva corre hacia la puerta del garaje.

–¡Abre! –le dicen los policías.

–No puedo, no sé, no puedo –dice ella.

Al final, han abierto y Eva ha caído en brazos de dos policías uiformados que, a juzgar por su llanto y su estado convulso y el jersey rasgado, saben que han sido un Séptimo de Caballería muy oportuno.

A Pedro Galabarte, el Tolondro, lo encuentran en el dormitorio de arriba, echado en la cama y tapado con las mantas, encogido y de cara a la pared, como un niño que cierra los ojos y cree que no lo ven.

Dice que no quería hacer nada a la niña, que sólo quería darle explicaciones, o consejos, o que toda la culpa es de ella, que lo ha metido en una trampa, y no se entiende muy bien lo que dice porque lo hace atropelladamente, contradiciéndose, como lo hacen los culpables.

Más tarde, en su ordenador portátil, Amadeu encontrará imágenes obscenas protagonizadas por niños, y unas cuantas direcciones que quizá servirán para desenmascarar a una pandilla de depravados que se divierten con estas porquerías.

A la mañana siguiente, los periódicos dirán que la detención del pederasta Pedro Galabarte in fraganti fue la culminación de una meritoria operación a cargo de los Mossos de la comisaría de Mataró y, cuando se lo pregunten a Eva, ella confirmará que la salvaron dos agentes de uniforme, muy guapos y muy simpáticos y atentos, llamados Bonastre y Saldaña. Más tarde, cuando tenga que esperar para hablar con una policía de paisano llamada Alicia Garvey, imaginará que es la jefa de los otros, una policía de oficina que nunca se ensucia las manos y que se lleva el mérito de sus subordinados. No le caerá muy bien aquella cuatroojos, tan seria y distante.

Y Alicia no le dirá lo que sucedió realmente. Porque el trabajo de la policía es de equipo y nadie ha dicho que sirva para hacerse rica ni famosa.

## 30

No acaban aquí los problemas de Eva Fabregat, claro que no. Sería demasiado fácil. Continuará discutiendo con sus padres y tendrá dificultades de comunicación, con ellos y con sus amigos y amigas, y en el insti le costará concentrarse en las explicaciones abstrusas de los profes, las materias no acabarán de interesarle y a final de curso tendrá un montón de suspensos y deberá repetir curso, y el mundo continuará siendo difícil, inhóspito y hostil.

Pero, a pesar de todo ello, si prescindimos del futuro, en el presente ahora puede disfrutar de un par de finales felices con abrazos y besos con toque sentimental y una música de fondo de ésas que te ponen un nudo en la garganta.

Los primeros abrazos son con sus pares, claro. La hija perdida y recuperada, sonrisas y lágrimas, que sólo faltan los gritos desgarradores de «¡Hija mía!», y «¡Papá!», y «¡Mamá!» para que la comedia se convierta en drama.

Preguntas de por qué, cómo se te ocurrió, cómo fuiste capaz, que de momento son acogedoras y, más tarde, serán una recriminación y nuevo motivo de más broncas, y que ahora será mejor que se queden sin respuesta. ¿Por qué? ¿Por qué? Eva quizá necesitará un montón de años para poder contestar esas preguntes, si es que puede llegar a hacerlo alguna vez.

Y el lunes, a la hora de regresar a la vida real, cuando el mundo de verdad arranca otra vez, Eva toma una decisión sublime por la mañana, cuando se mira al espejo y a los ojos. Y piensa que ¿por qué no?, ¿por qué no si, después de todo, hoy empieza una nueva vida con la que no contaba? ¿Por qué no dejar a un lado este jersey negro, grueso y ancho y ponerse esta camiseta más escotada y ajustada? Ya empieza a hacer calor, brilla el sol, la calle va llena de sonrisas y ya sabes que, hoy, las chicas no aspiran a ser guapas sino a estar *sexys*. ¿Qué se debe de sentir...?

Quizá estas sonrisas que la rodean sean debidas a la manera como Eva se ha vestido hoy. Está atractiva. Quizá también tenga que ver con las nubes que han desaparecido de su frente y con la decisión con que camina hacia el insti.

Por dentro, va horrorizada, claro está. Tiene miedo de lo que le puedan decir los compañeros del instituto, y de las preguntas que puedan hacerle y de la manera en que la mirarán, en la que la recibirán los profes en cada clase, y de las materias que le explicarán y no conseguirá entender. Horrorizada por toda la vida que le queda por delante.

Pero no, no digas miedo, que no se puede decir. No se puede tener miedo, por más motivos que te parezca que lo justifiquen, porque eso te hace cobarde a los ojos de los demás y tienes que pasar por valiente. No te permiten tener miedo aunque el mundo que te espera te parezca una mierda absurda e incomprensible, y tus padres vayan a la suya y a ti no te dejen ir a la tuya, y los profes no te enseñen a vivir, que es lo que alguien debería enseñarte, y los compañeros vayan a por ti con las uñas afiladas. Ya hace tiempo que te has acostumbrado a llevar esta inquietud pegada al cuerpo, y ahora la reconoces, y la aceptas y sólo deseas que el ahogo no te ponga la zancadilla. Al contrario, como sabes que lo llevas dentro, ahora caminas con más decisión, y sacas pecho, y levantas la barbilla, y desafías al mundo, decidida a ahuyentar a escobazos al primer obstáculo que aparezca en tu camino. Que los valientes son aquellos que saben continuar viviendo aun siendo conscientes de los peligros que corren.

Así es como entra en el centro de estudios, y encaja tantas miradas, y tantas sonrisas, y tantas muecas desdeñosas como haga falta, con la firmeza con que el boxeador más duro del mundo recibe las primeras coces, sin parpadear.

Lo primero que ve, en el vestíbulo, cerca de la escalera, como si tuviera luz propia, es a Ernesto. Un visto y no visto porque, en cuanto se cruzan sus miradas, él aparta la vista, y da media vuelta, y desaparece por el pasillo allá.

Bueno, Eva supone que ésta es la muestra de lo que le espera a continuación. Si Ernesto le da la espalda, ¿qué puede esperar de los demás? ¿De Elisenda y las Tiburonas, por ejemplo?

Sube al piso de arriba y, cuando se acerca al aula, las ve venir de cara. Míralas, ahí las tienes.

Cargadas de furia en los ojos y en las bocas. Al menos, hoy no traen puestas las risitas socarronas, como si se hubieran levantado con mal pie. No son capaces de demostrar cuánto la desprecian sino cuánto la odian. Mientras avanza, a Eva se le altera la respiración, como si esperase una agresión inminente. Por primera vez en la historia del insti, las Tiburonas atacarán. Y ella se ve con ánimo de tirarle de las greñas a Elisenda, pero no podrá con todas. Demasiadas para ella sola.

Entonces, antes de que se encuentren en el estrecho pasillo, antes de que se produzca el altercado, Ernesto llega por detrás.

–¡Eva!

¿Ernesto? ¿La llama él?

–¡Eh, Eva, que estoy aquí!

Se vuelve Eva y ve llegar a Ernesto, con aquella sonrisa de doscientos vatios, aquel derroche de simpatía, francamente guapo (ahora que Eva se fija en ello), y recuerda que le dijo «... Vas vestida muy *sexy* y, en cuanto entres en el instituto, me acerco y te pego un buen morreo! ¡Tú hazme caso! No quiero ligar. Sólo quiero acabar con el dominio de Elisenda y las Tiburonas. Te juro que, si lo hacemos, dejarás de ser la Chica Sin...». Y ahora mismo la agarra por los hombros y le planta un beso en la boca.

Un besazo en toda la boca, beso con lengua y babas y ganas, allí en medio, delante de todos, mientras Eva toma conciencia de que no es una declaración de amor sino una estrategia. Por eso, antes Ernesto ha rehusado la bienvenida: para organizar este encuentro apasionado delante de las Tiburonas. Para fingir que están enrollados, que Ernesto pasa de Elisenda y elige, en cambio, a la mucho más atractiva Eva Fabregat.

A Eva se le han cerrado los ojos y saborea el beso con deleite. Aunque sólo sea una estrategia, le está gustando, le ha gustado. Y, cuando Ernesto se distancia, y vuelve a verle la sonrisa deslumbrante, y se nota Eva muy ruborizada y le parece que parpadea demasiado, él la abraza y le acerca la boca a la oreja, de manera que le hace cosquillas con las palabras cuando dice:

–Perdona. Habíamos quedado en esto, ¿no? Con esta ropa que te has puesto, tan guapa como estás, y con este beso, te juro que acabas de ganar mil puntos sobre las Tiburonas. Y ellas, durante este fin de semana, hay que decir que se han devaluado. Ya sabe todo el mundo que son fáciles y baratas y, por tanto, no interesan. Así es este mundo en que nos ha tocado vivir. Ya no eres la Chica Sin. Eres la Chica Diez.

Eva le interrumpe casi sin querer. Cuando retira la cara para poder mirarlo a los ojos, y retira la cara pero no quiere retirar el cuerpo, que se mantiene en contacto con el cuerpo de él, y de repente se le van los labios. Como si los de él tuvieran un imán irresistible. *Pam*, y ya vuelve a estar pegada, recordando el gusto de la lengua de él, y se le disparan los brazos hacia la nuca del chico, y ésta sería la segunda foto fija, en mitad del pasillo del instituto, bajo la mirada benevolente del Mediacaca y de Adelaida y de los otros profes y alumnos, foto de final feliz.

Ya sabemos que no será completamente feliz, que volverán las broncas con sus padres, y los suspensos, y las contrariedades que nunca podrá acabar de entender, pero, de momento, Eva decide disfrutar de este beso sofocante y, mientras se empiezan a escuchar silbidos de admiración a su alrededor, e incluso aplausos, se dice que, bueno, que tiene que relajarse de momento, que lo que tenga que llegar ya llegará, y que mañana será otro día.

# ÍNDICE

| | |
|---|---|
| Capítulo 1 | *7* |
| Capítulo 2 | *15* |
| Capítulo 3 | *23* |
| Capítulo 4 | *29* |
| Capítulo 5 | *35* |
| Capítulo 6 | *39* |
| Capítulo 7 | *45* |
| Capítulo 8 | *49* |
| Capítulo 9 | *55* |
| Capítulo 10 | *65* |
| Capítulo 11 | *69* |
| Capítulo 12 | *75* |
| Capítulo 13 | *77* |
| Capítulo 14 | *81* |
| Capítulo 15 | *85* |
| Capítulo 16 | *93* |
| Capítulo 17 | *95* |
| Capítulo 18 | *101* |
| Capítulo 19 | *105* |
| Capítulo 20 | *109* |
| Capítulo 21 | *117* |
| Capítulo 22 | *121* |
| Capítulo 23 | *127* |
| Capítulo 24 | *133* |
| Capítulo 25 | *137* |
| Capítulo 26 | *143* |
| Capítulo 27 | *151* |
| Capítulo 28 | *155* |
| Capítulo 29 | *157* |
| Capítulo 30 | *165* |